KB274782

나는 정말 아주 다르다

나는 정말 아주 다르다

이만식 시집

민음의 시 127

민음사

自序

어찌하나 어떻게 하나 어떻게
이 똥의 현상학 이 똥의 철학 이 개똥철학
아니 이 사람똥철학을 전하나 어떻게 전하나
걱정이다 정말 걱정이다

걱정걱정 뒤똥뒤똥 뒤똥뒤똥……

이만식

차례

3부 나의 죽음을 보라

4부 똥 문제

1부

개의 논리

폐가

섬진강 철교 부근에서 작은 오솔길을 더듬어 나오다가
죽어가는 집을 만난다 골목은 집 가까이에 이르러 잡초에
게 길을 넘겨준다 우연히 다시 찾아온 사람의 발은 딛을
곳을 찾지 못해 방황한다 비스듬히 기울어진 싸리문에 기
댄다 더 이상 열어주지 않는 황량함이 지배하고 있는 집
의 마당을 사람은 눈만으로 들어간다 아직도 반짝이는 수
도꼭지가 희망이 있다는 물줄기를 흘려보낼지도 모른다
돼지 몇 마리도 마당 한구석에 있는 자신의 집을 살아서
떠났던 것이다 사랑의 입김에 여인의 걸레질에 조금씩 일
어서다 어느 틈엔가 잡초와 벌레를 잊게 하였던 집은 이
제 자신의 힘을 다 소진하였다 아직 완전히 눕지는 않았
으니 일어서 있다고 말할 수 없다 일어서지 않을 것이다
이제 아주 누워 자신의 가슴과 배에 잡초와 벌레를 키우
고 싶은 표정이 역력하다 벌써 한구석에 아름다운 도라지
꽃이 자신 있게 서 있다 섬진강 철교 부근 송림 앞에 서
다 건너편 지리산 자락과 굽이치는 섬진강을 실컷 바라보
다 돌아서다 작은 오솔길을 더듬어 나오다 죽어가는 집을
만난다 집의 신음소리가 작은 새소리처럼 아름답다

개의 논리

밍키*야! 밍키야!　　　　　　　(쳐다본다)
저리 가! 귀찮아!　　　　　　　(쳐다본다) (꼬리 친다)
가만히 있어!　　　　　　　　　(쳐다본다) (꼬리 친다)
배고프니? 밥 줄까? 밥?　　　　(쳐다본다) (꼬리 친다)

만식**아! 만식아!　　　　　　　(못 듣는다)
잘살아라! 잘살아!　　　　　　　(못 듣는다) (딴 짓 한다)
죽음 줄까? 생명 줄까?　　　　　(못 듣는다) (딴 짓 한다)
생명 줄까?　　　　　　　　　　(못 듣는다) (딴 짓 한다)

　* '밍키'는 새끼 개의 이름.
** '만식'은 시인의 이름.

호적등본

호적등본을 보다가, 내가 호주로 되어 있는 호적등본을 보다가, (원적평양상수리298번지)를 만났다. 북한의 수도 평양시, 상수리 298번지, 상수리나무가 많은 곳일까. 호주에 살 때, Rosehill이란 마을에 살았다. 누가 편지를 보냈다. Rosehill, '장미의 언덕'이라니 무척 아름다운 곳이겠군요. 답답한 조국과 다른, 장미나무 우거진 언덕에 사시는군요, 그런 편지를 받았다. 잔디가 널려 있는 호주의 도시에서도, 내가 살던, 유학 가서, 아이들을 데리고 유학 가서 살던, 가난한 동네, 동네의 잔디는 볼품이 없었다. 물론 장미도 가끔 있었지만, 한국의 장미보다 아름답지 않았다. Rosehill, '장미의 언덕'이란 가난한 마을에 살았는데, 조국에서 편지를 쓰는 이는 '아름다운 장미의 언덕'에 산다고 편지를 보냈다. 이제 내가 편지를 보낸다. 수신인 없는 편지를 보낸다. 상수리나무 많은 언덕, 내가 어릴 때 돌아가신 전 호주, 할아버지, 이성엽이 뛰어놀던 상수리나무 많은 언덕에게, 상수리의 언덕, 상수리 298번지, 평양시 상수리 298번지, 가본 적도 없는 원적, 평양시 상수리 298번지

피겨스케이팅의 재미

　　나가노 동계올림픽 TV 중계를 보고 있습니다 피겨스케이팅이 재미있습니다 남자 싱글 프로그램입니다 금메달 은메달 동메달 목표가 있습니다 러시아 대표가 나왔습니다 부드러운 선으로 얼음판 위를 흘러갑니다 그러다가 펄쩍 뛰어올라 빙글빙글빙글 돕니다 트리플액셀 중계 아나운서의 외침입니다 중력에 묶인 몸무게를 이기고 얼음판을 차고 올라갑니다 조금 있다가 또 트리플액셀 또 펄쩍 뛰어올라 빙글빙글빙글 돕니다 남자 싱글 프로그램에 참여하고 있는 선수는 열여덟 명입니다 한국 대표 선수도 있었습니다 잘하지는 못하지만 그도 트리플액셀을 합니다 나라를 대표하는 선수가 되기 위해서 경쟁을 하였을 것입니다 각각의 나라에 트리플액셀을 하는 선수들이 많을 것입니다 펄쩍 뛰어올라 빙글빙글빙글 돕니다 많은 선수들이 펄쩍 뛰어올라 아름답게 빙글빙글빙글 돕니다 저렇게 아름답게 돌아오르기 위해서 많은 연습을 하였을 것입니다 가끔 넘어지기도 합니다 결코 넘어지지 않기 위해서 아주 많이 펄쩍 뛰어올라 빙글빙글빙글 돌아야 합니다 눈앞에 펼쳐집니다 어제에서 오늘로 오늘에서 내일로 가는 시간의 열차를 잠시 벗어나면 눈앞에 펼쳐집니다 수많은 트리플액셀 펄쩍 뛰어올라 빙글빙글빙글 돌음이 보입니다 지금 눈앞에서 펄쩍빙글빙글빙글도는 선수는 전에도 수없이 많은 펄쩍빙글빙글빙글도는 연습을 하였습니다 한꺼번에 보입니다 수만 개의 수십만 개의 수백만 개의 펄쩍빙글빙글빙글돌음 조금씩 다르면서도 같은 조금씩 같으면서도 다른 수백만 개의 펄쩍빙글빙글빙글돌음이 시골 평상에 누워 쳐다보던 맑은 여름 밤하늘 은하수에 어지럽도록 총총히 박혀 있던 수많은 별처럼 펄쩍빙글빙글빙글돌음이 있습니다 관중들이 환호합니다 그들의 마음에도 수많은 펄쩍빙글빙글빙글돌음이 생깁니다 피겨스케이팅은 역시 재미있습니다

물구나무서기

단전호흡하러 새벽 운동을 다니는데, 정리 운동에 물구나무서기 하는 때가 있다. 한 1분 20초 정도 실시하는 물구나무서기. 운동 신경이 엄청나게 둔한 나는 물구나무서기를 해본 기억이 없다. 어린 시절 학교 운동장에서 날렵한 아이들이 심심하면 해보이던 그 물구나무서기가 내겐 그리도 신기한, 그렇지만 시도해 볼 엄두가 나지 않는 육체적 능력이었다. 1년 전쯤부터 새벽 운동을 다니는데, 물구나무서기를 하게 되면, 나는 그저 머리를 땅에 박고, 엉덩이를 들고, 군 시절 원산폭격 기합 받는 자세로 지나가곤 했는데, 물구나무를 서면, 머리를 땅에 박으면, 하늘을 향해 다리를 쭉 뻗으면, 한 그루 튼튼한 나무가 될 것 같았다. 아름드리 든든한 줄기의 참나무 같은 인간들이 내 앞과 뒤에서, 내 옆에서, 튼튼하게, 무성하게 숲을 이루고 있었다. 나도 물구나무를 서면, 머리를 뿌리로 한 그루 참나무가 되겠구나. 그런데, 어제, 물구나무를 섰다. 어쩐 일인지 두 다리를 들어 올릴 수 있게 되었고, 엉덩이를 밀어 올릴 수 있게 되었다. 그런데, 나는 나무가 아니었다. 머리도 흔들리고, 몸을 지탱하고 있는 두 손도 흔들리고, 마음도 흔들리고, 두 다리도 흔들리고, 엉덩이도 비틀거리고, 몸의 어느 부분도 나무가 될 수 없었다. 아무리 해도, 나는 갈대일 따름이었다. 드디어, 물구나무를 서니, 참나무들이 아니라, 우리 모두는, 뿌리가 흔들리는 갈대였다.

즉사*

　1970년, 고등학교 2학년이던 나는 흔들리던 시내버스에서서 앞자리의 친구들에게 떠벌리고 있었다. 무슨 이야기의 뒤 끝이었는지 자세한 기억은 사라지고 없으며, 두 명의 친구가 듣고 있었던 것밖에는 그들이 누구였는지 생각나지 않는다. 단지, 그러니까 죽는다는 것, 그게 그렇게 대단한 것인지 잘 모르겠어, 당장 죽는다고 해도, 글쎄, 지금 당장 죽는다고 해도 문제될 것이 없을 것 같아, 이런 취지의 말을 하고 있는 순간, 시내버스가 휘청거렸다. 일촉즉발, 무슨 위기가 지나갔다. 그때, 친구들이 바보 같은 입을 벌리고 웃었다. 야, 네 얼굴을 좀 봐라. 죽음의 공포가 가득하지 않니. 아니었다. 아니라고 말하고 싶었다. 정말 알 수 없는 가벼움, 환희에 가까운 가벼움이었다고 말하고 싶었다.

---

* 문학이 나를 움켜쥔 또 하나의 순간이었는데, 2002년 2월 말 모리스 블랑쇼의 다음 구절을 읽다 시가 되었다. "정말 무엇이 문제가 되겠는가. 죽음 그 자체, 좀 더 정확하게 표현하자면 그때 이후로 언제나 중지 상태에 놓여 있는 나의 즉사라는 가벼움의 감정이 남아 있는 전부다."(모리스 블랑쇼, 『나의 즉사』/자크 데리다, 『남는 것 : 소설과 증언』, 엘리자베스 로텐버그 역, 캘리포니아 : 스탠포드 대학교 출판부, 2000년, 11쪽.)

아내의 철학

남편이 마루에 누워 있고 아내가 귀를 파주는 평화로운 장면, 한미은행 선전, 기억나세요. 갠지 고양인지, 한 마리 옆에 있었지요. 우리 집 평화로운 장면은 철학적이죠. 전철에서 천원 주고, 발뒤꿈치 각질 미는 플라스틱 주걱 하나 샀는데. 아주 편한 시간 되면 둘이 앉아, 발뒤꿈치 밀죠. 요즘은 겨울이라, 각질이 더 단단해요. 지난 신문 한 장 펴놓고, 밀다 보면, 거꾸로 된 신문 기사 새롭게 보이죠. 그런데 말이죠. 그놈. 그 깎은 놈. 하얗게 신문 위로 흩어지는 놈. 그놈. 그놈이 아내의 화두죠. 하얗게 흩어진 놈 보니, 화장터 뼈 갈아놓은 것과 똑같다고요. 밀가루 색깔보다 더 횟가루 같다는 품평이죠. 그런데, 밀 가루보다 더 힘이 있는 것 같다는군요. 뼈라선지. 밀가루 는 부드럽기만 한데 말이죠. 어때요, 수십 권씩 구입하는 내 철학 우습게 보더니, 비밀이 있었군요. 인정합니다, 아내의 철학, 더 힘 있어 보이죠.

나는 걷는다

귀에 아주 잘 들리는 시의 구절을 쓴 시인을 생각한다
1996년의 귀에 잘 들리는 시의 구절을 쓴 시인은 자신의
시대를 어떻게 견뎌냈을까 예를 들면 300년 전의 일본 시
인 바쇼를 생각한다 지금도 가슴 울리는 구절이 많이 남
아 있다 그러니까 1996년의 귀에 잘 들리는 시의 구절을
1696년의 가슴에 담고 있었다는 뜻이다 구절에 감탄하다
가도 그걸 가슴에 담고 살아가던 시인의 외로움을 생각한
다 300년 후에 이해될 수 있을 사랑의 문법으로 도대체
누구를 사랑할 수 있었을까 그 가슴으로 누구를 안을 수
있었을까 300년 후에 알 수 있을 죽음의 문법으로 도대체
어떻게 자신의 시대를 견뎌낼 수 있었을까 그 시인, 일본
의 바쇼는 자신의 국토를 걸었다고 한다 눈보라가 몰아치
는 산꼭대기에서부터 파도소리 그치지 않는 해변이나 고
요한 농촌의 들녘길을 걸었다 그는 걷는다 외로운 가슴이
시간 속에서 시들어도 시처럼 자연은 시대를 초월해서 살
아남아 있을 것이다 지금 내 눈이 보는 모습은 아니겠지
만 그건 상관없다 산은, 바다는, 들은, 300년 후에도 자
신의 모습을 간직하고 있을 것이다 그래서 걸었을 것이다
그 일본의 시인처럼 나도 걷는다 도시 속에서 걷는다 도
시의 외로운 마음속에서 걷는다 오늘 아침 밥을 먹는데

내가 서 있었다 내가 걷고 있었다 300년 전에 이해될 수
있었을 삶의 문법을 가슴에 외롭게 안고 있었다 300년 후
에 없을지도 모를 도시 속을 걷는다 나는 걷는다

마운틴고릴라의 유토피아?

　유토피아를 발견했다. 토요일 저녁. 동물의 왕국. 마운틴고릴라의 나라. 여섯 시에 일어나 두 시간 동안 아침식사 한다. 천천히 식물의 잎이나 줄기 먹는다. 최소 두 시간 낮잠 잔다. 마운틴고릴라는 땅에서 만족한다. 힘들게 하늘 향해 올라가려고 노력하지 않는다. 가족과 하루 종일 뒹굴고 산다. 서로 만져주고 안아주고 장난 친다. 아무 생각 없이 아침부터 저녁까지 뒹굴뒹굴 부드러운 풀 위에서 논다. 유토피아를 발견했다. 지겨운 도시 벗어나 조용한 자연 속에서 하루 종일 아무 목표도 없이 뒹굴뒹굴 가족과 놀기 위해 어디론가 떠난다. 휴가의 꿈. 오아시스. 토머스 모어의 유토피아. 다시 읽는다. 어휴! 너무 골치 아프다. 휴가(休暇) 아니다. 건국(建國)이다. 너무 필요한 게 많다. 노예도 필요하다. 전쟁도 필요하다. 토머스 모어의 유토피아? 마운틴고릴라의 유토피아?

잉꼬의 발악

베란다에 내놓지 못하는 잉꼬 한 쌍. 사람들과 같이 산다. 겨울 실내. 오솔길 걷다 얼핏 듣던 새들의 노래. 그 아름다운 기억 때문에 같이 산다. 추운 겨울 같이 나는, 한 쌍의 귀여운 잉꼬. 뽀뽀를 자주 하는 잉꼬 한 쌍. 처음 왔을 때 싸우더니, 한 마리 죽었다. 수놈이 구박해 암놈이 죽었다. 새 장수 아저씨, 항의했다. 다시 들어온 암놈은 마음에 들어, 같이 산다. 너무 자주 뽀뽀하는, 잉꼬 한 쌍.

오솔길 걷다, 골목길 돌다, 얼핏 들리는 새소리 때문이다. 밤 지난 새벽과 함께 오는 새소리 때문이다. 갑자기 기분 좋아지는 새소리의 기억 때문이다. 같이 살고 있는 지 여러 달. 우리 집 잉꼬는 노래하지 않는다. 우리 집 잉꼬는 발악을 한다.

거실 보일러 위에 놓았다. 너무 푸드덕거리고, 시도 때도 없이 발악을 한다. 화장실로 쫓겨났다. 너무 시끄러워, 화장실 문 닫고 불 끈다. 귀여운, 아름다운 새들의 노래, 은밀하게 들릴 듯 말 듯 들리던 새들의 노래는 없다. 너무나 적나라한, 너무나 현실적인, 시골 마당의 닭처럼 목청 드높이는 잉꼬. 우리 집 잉꼬는 발악을 한다.

젊은 그들

새벽
젊은이 몇 명
자동차 헤드라이트 사이로
어두운 골목길에서
어두운 골목길로

즐겁게 걷는다

대도시 골목의 지저분함은 문제가 아니다
그들에게만 있는 희망과 미래가 지저분함을 읽지 않는다
그들을 주의 깊게 바라보는 나이 든 자들에게는 지저분한
대도시의 골목길로 그들은

가볍게 걸어 들어간다

밝은 대낮을 준비하는 방식이 다른 것이다
젊은 그들은 지저분함을 읽지 않는다 언제나 바빠 달리는
그들 주변에는 언제나 어수선함이 있기 때문에……
나이 든 자들은 서 있다 그들은 자동차로 이동을 한다
그들에게 크게 보이는 지저분함 때문에 그들은 청소에

열심이다

　새벽
　젊은이 몇 명
　자동차 헤드라이트 사이로
　어두운 골목길에서
　어두운 골목길로

　즐겁게 걷는다

산책

산책은 천천히 걷는 방식입니다. 출근을 하거나 심부름을 가기 위해서 걷지 않습니다. 토요일이기 때문에, 오랜만에 편안한 토요일이기 때문에, 아내와 산책을 합니다. 멀지 않은 곳에 작은 언덕이 있습니다. 반코트를 입고, 목도리를 합니다. 천천히 걷습니다. 할 말이 없습니다. 바람이 조금 자유롭습니다. 바람이 조금 시원합니다.

2부

철쭉과 물고기의 아침 인사

눈빛도 강간이다

너는 나의 것
강렬한 눈빛이 빛난다
사랑의 강렬한 눈빛
눈빛도 강간이다
너는 나의 것도 강간이다
사랑이 아니라 강간이다
나는 나의 것이다
아니,
나는 나의 것이 아니다
변하는 나는
언제나 변하는 나는
나의 것이면서
나의 것이 아니다
너는 나의 것
강렬한 눈빛이 빛난다
사랑의 강렬한 눈빛
눈빛도 강간이다

철쭉과 물고기의 아침 인사

며칠 전에는
꽃 한 송이 가슴에 들어오더니
그제와 어젯밤에는
밤내 물고기 한 마리 만났습니다

새벽에
운동하러 나서는데
어스름 어둠 속에서
철쭉이 빛나고 있었습니다
생명의 빛이 그렇게도 아름다웠습니다
나도 모르게 인사를 했습니다
잘 잤니, 너 참 예쁘구나
따라오던 아내도 빙긋이 웃습니다
바보 같다고 지청구하지 않고
같이 인사합니다
잘 잤니, 여기 있는 줄 몰랐구나
그렇게
철쭉하고 인사하고 지내는데

그제 밤에는
밤내 물고기 한 마리

가슴에 들어왔습니다
무슨 일인지 피곤한 나를
어떤 식으로든지 위로해 준 그를
평범하기 짝이 없는 그를
보통 물고기 속에서 구별이 되지 않는 그를

어젯밤에는
밤새도록 찾았습니다
그가 잘 있는지
궁금하여 인사합니다
어디 있니, 아직도 잘 있니
밤새도록
찾은 보람이 있었는지
새벽에
잠 깨기 직전에
그를 만났습니다
저 지하수 깊은 곳
안전한 곳
너와 내가 꿈속에서 만날 수 있는
자유로운 곳으로 보내주었습니다

완벽한 사랑

　당신은 죽었다. 이른 아침 당신이 없는 아파트의 거실에서 커피를 마신다. 당신을 사랑했다고 말한다면, 의미가 있을까. 당신에게, 대답할 수 없는 당신에게, 사랑한다고 말하는 것이 의미가 있을까. 나의 사랑이 그러면, 완벽한가, 당신이 대답할 수 없는데.

　사실, 당신은 죽지 않았다. 죽었다고 생각해 본 것뿐이다. 당신이 잠들어 있는 사이 커피를 마신다. 당신을 사랑한다고 말하면, 의미가 있을까. 당신에게, 대답할 수 없는 당신에게, 사랑한다고 말하는 것이 의미가 있을까. 나의 사랑이 그러면, 완벽한가, 당신이 잠들어 있는데.

백지

  책상에 앉아 공부하는 것보다 안전한 일은 없을 것 같
지만, 사실, 책상도 전쟁터다. 백지를 만지다 베인 경험
이 있는지 모르겠다. 하얀 백지, 순결한 것 같은 백지를
무심코 들다 베인 경험이 있는지 모르겠다. 백지가 갑자
기 날카로운 면도날처럼 순간적으로 손이나 팔의 연한 살
결을 찢는다. 무심코 지나쳐버리기에는 너무 아프다. 백
지와 싸우고 나설 만큼 심한 상처는 아니지만 그래도 너
무 뚜렷하게 상처가 남는다. 책상도 전쟁터다.

사랑의 아침 인사

사랑의 아침 인사는 짧다

내일의
위협에
시달리면서
밤새
영원에 비추어
무의미한 작업에
온몸
지치도록
내일을 잊도록
방황하다가

어스름
아침
맑은
느닷없는
새소리
새
지저귀는 소리

조금
즐기다가
다시
작업하다
보니

가버렸다

사랑의 아침 인사는 짧다

맑고 청아한 소리

그녀와 약속을 한 다음
맑고 청아한 소리를 기다렸다.
이제 더 이상 젊지 않은 나는
그렇지만 목소리를 기다리지 않고는
아무 짓도 하지 않기로 했다.
죽음이 오더라도
당장 죽음이 오더라도
조급해 하지 않고 기다리기로 했다.
하지만, 약속 시간까지 아무 소리도 들리지 않았다.
사실 어느 때에도, 과거의 어느 시절에도
맑고 청아한 소리를 들은 적이 없었다.
그저 그런 소리가 있을 것이라고 믿었을 뿐이다.
그렇지 않으면, 삶이 너무 쓸쓸하고 외로웠으니까.
기다리다가, 오지 않을 줄 알면서도 기다리다가
내가 기다리는 것은 그녀가 아니라는 사실을 깨달았다.
내가 그녀를 기다리지 않는
그녀가 나를 기다리지 않을 핑계였을 뿐이다,
맑고 청아한 소리라고 이름 붙인 존재는.

내가 사랑하는지 내가 모르고

사랑하는지 안다면
사랑한다고 고백하지 않으련만

아무리 가슴이 요동쳐도
아무리 눈길을 마주쳐도

내가 사랑하는지
그대가 모르고
내가 모르고

지금
아무리 가슴이 요동쳐도
아무리 눈길을 마주쳐도

사랑한다고 고백해도
사랑한다고 소리쳐도

내가 사랑하는지
내가 모르고
그대가 모르고

암

　나이가 들면 눈곱이 낍니다 예전에 느끼지 못했던 일입니다 이른 새벽이면 어김없이 눈곱을 발견합니다 밤새도록 앉아 있었는데 언제 눈곱이 내려왔는지 놀랍습니다 나이가 든 눈이 힘들다고 말합니다 어제 새벽에도 눈곱을 떼어냈습니다 미간 바로 옆 눈의 가장자리가 얼얼합니다 자꾸 손이 가서 자극을 주었기 때문입니다 계속된 자극이 걱정됩니다

　계속 담배를 피우면 폐암에 걸릴 위험이 높아집니다 경고를 듣고 담배를 끊었습니다 1987년의 일입니다 맵고 짠 한국인의 식습성 때문에 위암 발생율 세계 제1위입니다 보고를 읽고 싱겁게 먹습니다 설렁탕을 먹습니다 고춧가루 소금을 전혀 넣지 않습니다 모르는가 종업원이 슬며시 권고합니다 너무 많이 사용하는 몸을 파는 여인들이나 너무 사용하지 않는 노처녀에게 자궁암이 많답니다 예정된 기계 용량을 넘어서는 사용이 암의 원인입니다

　아직 발견되지 않은 암이 있습니다 매일 새벽 억지로 눈곱을 떼어낸다면 언젠가는 눈곱암에 걸릴 것입니다 책상에만 앉아 있는 서생은 엉덩이짓물림암에 걸릴 것입니다 마라톤의 영웅 황영조는 결국 발바닥암에 걸릴 것입니다 너무 많이 쩝쩝거리는 우리 집 잉꼬는 부리암에 걸릴

것입니다 예정된 기계 용량을 알지 못하는 우리는 결국
암에 걸리고야 말 것입니다

참새의 주검

오후 6시 5분
이크, 밟을 뻔했네.
—발 밑에 한 마리 참새의 주검.
아직 따뜻하다. 죽은 지 얼마 안 됐네.

오후 6시 25분
그래, 시를 쓰자.
—책상 구석에 한 마리 참새의 주검.
지난번 강아지는 어쩔 줄 몰라, 쓰레기통에 버렸는
데…….

오후 6시 47분
크으, 커피맛 좋다.
자네, 참새, 미안하이.
아직 난 살아 있으니. 뭐라고 부를까, 자네를.

오후 7시 30분
그래, 미라다.
포기하지 말자. 무서워하지 말자.
운 좋게, 너무 썩어버리지 않는다면, 같이 살지. 자네,

참새여.

　　오후 7시 46분
자네에겐, 풍장(風葬)이 되겠지만
내겐, 풍생(風生)이 되겠네, 이 사람, 아니, 이 참새야.

호안 미로는 누구인가

1987년 11월 22일 오후 우리 부부는 경복궁에서 산책을 하다가 금호미술관에 들렀답니다 초현실주의의 거장 호안 미로의 전시회가 있었어요 5,000원씩 입장권을 두 개 샀지요 입장권에 이름과 전화번호 그리고 주민등록번호를 적어 냈습니다 매주 수요일마다 추첨을 하여 동남아여행권을 준다고 해서요 누가 압니까 3층부터 위대한 화가의 그림을 보기 시작하였지요 미술대학교 학생들인지 그림 앞에서 열심히 메모하는 모습이 많이 보였습니다 여럿이 몰려다니며 진지한 표정으로 그림을 보고 있었지요

그런데 나는 참을 수 없었습니다 조금씩 낄낄거립니다 폭소를 터뜨리고 싶었지만 그러나 참았습니다 다른 사람과는 같이 구경할 수 없는 작품이었습니다 조금씩 낄낄거리며 아내는 겸연쩍은 미소를 지으며 구경하였답니다 나오면서 1만 원을 주고 도록을 한 부 구입하였답니다 왜 깔깔대고 웃었는지 기록하고 싶었습니다 이 그림들이 얼마나 재미있는지 그리고 얼마나 신이 나는지

특히 「무제」라는 제목이 붙은 그림들이 놀랍습니다 예를 들어 「무제, 1951 / 종이에 목탄, 연필 / 63.2×47cm」의 윗부분에 기세 좋게 그려져 있는 턱수염 난 남자 얼굴의 아랫부분은 바로 낄낄 남자의 성기입니다 「무제, 1951 /

종이에 목탄, 연필 / 47×63.3cm」의 왼쪽 새의 머리 밑에 있는 검은 원통형은 낄낄 남자의 성기이고 오른쪽 사람 얼굴 밑에 있는 검은 쇠스랑은 말할 것도 없이 낄낄 여자의 성기이고 중앙 둥근 원 속에 있는 별의 상징은 낄낄 성적 완성일 따름입니다. 그러니 제목이 '무제'인 것이지요 다른 이름을 붙일 수 없겠지요 낄낄 '성기', 낄낄 '남자와 여자의 성기'라고 붙일 수는 없겠지요

너무 쉬운 그림들이었습니다「농부를 깨우는 새벽 닭 울음 소리, 1951」에서 새벽 닭 울음 소리는 사실 그대로지만 이 닭을 깨우는 것은 농부가 아니라 결합된, 아니 낄낄 남자의 성기가 크게 강조된 그림 옆에 있는 남녀의 얼굴인 것입니다 그들은 눈을 빠끔히 뜨고 있군요 예를 들어「무제, 1973」그림 세 점에서 검고 굵은 기둥은 낄낄 남자의 성기이고, 가는 반원은 낄낄 여자의 성기이고 퍼진 먹물은 낄낄낄 발산된 정액, 전달 중인 정액, 도착한 정액인 것이지요 시리즈로 그려지기에 알맞은 주제가 아니겠습니까

드물기는 하였지만, 좀 더 객관적인 유머도 있었습니다「세 여인, 1960」에는 키만 멀대같이 큰 여인, 가슴만 눈에 보이는 여인, 배꼽을 포함하여 엉덩이만 눈에 보이는

여인이 각각 서너 개의 선으로 그려져 있었습니다 '여인'
이라는 말이 제목에 있는 그림들에서 검은 바탕색인 경우
여인과 헤어진 슬픔이고 하얀색 바탕에 삼원색 원이 강조
되어 있는 경우 아직 만나고 있는 기쁨의 표현이라고 해
도 틀리지 않겠지요

　조각도 재미있어요 예를 들어 「여인, 1981~83 / 55×30×
22cm」의 가슴 가운데에는 낄낄 여성의 성기가 사실적으
로 만들어져 있습니다 그런데 낄낄 그 앞에 서 있으니까
낄낄 많은 사람들이 심각한 표정으로 고개를 끄덕거리더
군요 낄낄 귀여운 미술대학교 여학생도 메모를 하더군요
낄낄 참을 수가 없어서 낄낄 「여인과 새, 1973」의 가운데
모셔져 있는 것은 어느 여인 또는 연인의 구두 한 짝이
고, 「조각, 1971」의 오브제는 어느 여인 또는 연인의 향
수병, 「여인, 1970」의 오브제는 어느 연인의 모자, 「인물,
1969」의 오브제는 연인이 쓰던 술잔, 「여인, 1967」의 오브
제는 연인의 컵이었습니다 호안 미로의 날카로운 시선이
못마땅한 여인, 예를 들어, 마누라를 향하면 날카롭고 못
생긴 손가락과 한없이 나온 주둥아리 뭉뚝한 다리를 갖고
있는 「수탉, 1970」이 되는 것인데,

　제일 안타까운 것은 「소녀는 탈출을 꿈꾼다, 1969」의

슬픔이었답니다 작고 특징 없는 얼굴과 연약한 가슴이 기
다란 브론즈 막대에 달려 있는 소녀의 아래에 무엇이 있
었는지 아세요 방울이, 동그란 방울이 두 개 달린 듬직한
직사각형 덩어리, 그래요, 남자의 성기가 소녀의 막대를
받쳐주고 있었어요 소녀는 탈출을 꿈꾸는데, 그 탈출의
근거는 남근이었답니다 이제,
　더 이상 우습지 않죠 그래요 낄낄 우습지 않아요 호안
미로의 초현실주의는 현실주의였어요 피할 수 없는 현실
의 모습 끔찍한 현실의 모습

변신술

1 나무가 되는 법

사전에 남에게 발치에 물을 부어달라고 부탁하지 않되, 누군가 발치에 물을 부어주면 막연히 행복해한다. 그러나 그 사람을 기억하지 않는다.

2 문이 되는 법

누가 들어가거나 나가려 해도 비켜주지 않는다.

4 바위가 되는 법

모든 계절과 기후의 변화를 무시하고 아무런 생각도 하지 않는다.

5 냇물이 되는 법

물소리를 내지 않는 냇물의 경우는 다른 사물이 몸에 스치거나 부딪힐 때에만 물소리를 낸다.

6 사다리가 되는 법

쓰이기 위한 장소까지 스스로의 노력으로 이동하지 않는다.

김범 〔한국〕〔Korea〕

Beom Kim

변신술

The Art of Transformation 1977

Book

Collection of Artist

광주 비엔날레

비엔날레 전시관 2층

1997년 11월 8일(토) 오후 4시 45분

그 고요하게 멍멍한

조용한 곳을 찾아
한라산 어리목 길을 오르다가
먼저 올라가라고 말하고
조용한 곳을 찾아
겉옷을 낙엽 위에 깔고
책을 펴 들었다
조용한 곳을 찾아
조용한 음악
슈베르트 피아노 소나타를 들었다
조용한 시간이 될 것이라고 생각하는데
도시 한복판에서 살다가
조용한 곳을 찾아
멋대로 자라나는 풀잎과 나뭇잎 사이
자리를 잡았는데

귀가 멍멍하다
너무 시끄러워
귀가 멍멍하다

처음에는 그저

파리 몇 마리 귀찮게 굴더니
작은 벌 몇 마리 날아들더니
까마귀, 아주 까만 까마귀
슬쩍 까악까악 몇 번 울더니
바람소리가 들렸다
바로 옆 나뭇잎이
풀잎이 울었다 처음에는 작은 소리로
이름 모를 아름다운 새 소리도 들렸다
그래도 귀가 멍멍하지는 않아
그래도 조용한 곳이고
조용히 책을 읽을 수 있는 곳이고
그러다
더 큰 소리
아주 큰 멍멍한 소리
속에 있었다 따뜻한 햇볕

이 모든 움직임
멀리 얼핏 들리는 인간 목소리도
다 햇볕을 받고 자라는 생명
힘차고

귀 멍멍한
생명의 큰 소리가 들렸다
너무 커서 지금까지 못 들었던
너무 시끄러워
귀가 멍멍하다

어제 오후
하염없이 바라본
우도의 바다
그 고요한
그 고요하게 귀 멍멍한
우도의 바다
그 바다 소리를 만난다
조용한 곳을 찾아
한라산 어리목 길을 오르다가

3부

나의 죽음을 보라

「절망의 시대」

　　유신 시대. 우리의 젊음은 탱크 앞에서 절망했다. 군인은 경찰과 달랐다. 탱크를 향해 돌을 던지면 총검을 착용한 군인이 끝까지 쫓아왔다. 도망치다가 도망치다가 불암산을 넘었다. 군인은 경찰과 달랐다. 친구가 투쟁을 말했다. 나는 교육을 말했다. 친구가 경멸의 눈으로 나를 보았다. 나는 도산을 생각했다. 도산 안창호. 일제 시대에도 교육을 말했다. 같은 민족이 지배하는 시대였다. 기회는 얼마든지 있었다. 투쟁을 말하던 친구가 어디 있는지 나는 모른다. 경멸의 눈길을 충분히 읽었기 때문이었다. 나는 아직 살아 있다. 살아서 절망의 시대를 생각한다. 컴퓨터 단말기 속에서 「절망의 시대」가 깜박인다.

자연보호 반대

바위에 누우면
하늘이 보인다

하늘 사이로 나뭇잎이 보인다
나뭇잎 사이로 하늘이 보인다

얼핏얼핏
하늘이다 나뭇잎이다

하늘과 나뭇잎이
숨바꼭질한다

아니다

햇빛을 더 많이 받으려고
나뭇잎들이 서로 다툰다

팔을 뻗고
허리를 비틀고
목을 길게 내민다

더 많이 자라려고
더 많이 모으려고
더 많이 키우려고
나뭇잎들이
투쟁한다

나뭇잎들을 보호할 수 없다
나뭇잎들의 투쟁을 보호할 수 없다

그들은 그들의 투쟁이 있고
우리는 우리의 투쟁이 있다

그들끼리 싸우게 내버려두자

보호할 수 없다

임금,님 없다

월요일 오후, 아무 할 일 없어, 지하철 타고 시내에 갔
다 국립중앙박물관은 오늘 쉬고 경복궁은 내일 쉰다 근정
전부터 돌아본다

일본 관광객들이 깃발을 든 안내원 좇아간다 중국 관광
객들이 시끄럽게 몰려다닌다 서양인들이 하나 혹은 둘 머
리 곤추세우고 걷는다 시골 아줌마들이나 아가씨들이 밀
린 숙제하듯 바삐 걷는다 작은 아기의 엄마와 친구들이
옹기종기 경회루 옆 시원한 나무 그늘 밑에 모여 앉아 아
들이 좋은지 딸이 더 좋은지 토론한다 데이트하는 청춘남
녀 또는 데이트하려고 암중모색하는 청춘남녀가 흘끔흘끔
경계한다 남자 친구 둘이나 여자 친구 둘이 연못을 마주
보고 이야기한다 중년 남자 둘이 조용하게 사업 이야기한
다 사이좋은 중년 부부가 휴게소에 앉아 아이스크림 빤다
굴뚝 보며 외국인 집단이 토론한다 온돌이란 무엇이며 어
떤 효용 가치가 있는가 교포 청년이 조국 방문의 과업 실
천한다 외국에서 자라나 한국 전혀 모르는 누나와 동생이
물가에서 논다 위험하게 경회루 물가에 가까이 가 있다.
청소부 아저씨나 경비원이 야단치지 않는다 영어 모르니
까 야단치지 못한다 장난꾸러기 사내아이가 물 속에 빠질

뻔한다 "오, 갓, 클로오즈, 아이 얼모스트 펠트 인" '떨
어지다' 라는 '폴'의 과거는 '펠트'가 아니라 '펠'이다
'펠'이란 과거형에 과거형 어미 '트'를 또 붙였다 경회루
연못에서 장난치는 사내아이 얼굴은 한국인이다 영어로
말하고 생각하는 경회루 연못가의 한국인 '펠'에다 '트'
붙여 '펠트'라고 말한다 그래도 안 떨어져서 다행이다

　나처럼 할 일 없이 걷는 사람 있었다 그/녀는 언급하지
않겠다 나름대로 시 쓰고 있었다 그/녀를 위해 말할 필요
없다 나는 나의 시, 그/녀는 그/녀의 시, 쓴다/썼다

　임금,님 없다 일본 관광객은 깃발로, 중국 관광객은 소
음으로, 서양 관광객은 오만함으로, 시골 아줌마는 구경
으로, 님 없다, 확인한다 근정전 네 바퀴 돌아도 다리만
아팠다 가슴 조아리던 무서움, 없다, 님, 없다, 그래서,
나, 시 쓴다, 그/녀, 시 쓸까

고산 윤선도를 노래함

至匊恩 至匊恩 於思臥
지국총 지국총 어사와
찌거덩 찌거덩 어야차

고산 윤선도는 대학 입시에 나오는 문제다

고산 윤선도는 오우가와 어부사시사를 쓰신 분이다

至匊恩 至匊恩 於思臥
지국총 지국총 어사와
찌거덩 찌거덩 어야차

고산 윤선도는
보길도에서 만난 고산 윤선도는
임금 그리워 노래 부른 선비가 아니라
임금이 헛된 중심이라는
임금이 아무것도 아니라는
이미 포스트모던 해체를 벌써 노래한

至匊恩 至匊恩 於思臥

지국총 지국총 어사와
찌거덩 찌거덩 어야차

　51세 되던 인조 15년(1637년)에 왕이 청나라에
항복했다는 소식을 듣고 통분하여 세상을 멀리하
고자 제주도로 향하던 도중에 보길도를 발견, 그
빼어난 산수에 매혹된 뒤 이곳에 기거를 하였다
　(단체 여행사에서 받은 설명서에서)

至匊悤 至匊悤 於思臥
지국총 지국총 어사와
찌거덩 찌거덩 어야차

고산 윤선도는
임금이 우스워져
재미있게 살리라
즐겁게 살리라
깔깔 웃던
고산 윤선도는

나의 죽음을 보라

　살인 사건입니다 현재 진행 중인 살인 사건을 보고합니다 살해자는, 아니 살해되고 있는 자는 본인의 직장 동료였습니다 대기업에 십구 년간 근무하다가 최근 퇴직하였습니다 간염으로 시작된 건강이 악화되어 간경변으로 발전하였습니다 남아 있을 아내와 자식의 미래를 위해 건강에 무리를 하여 '코마'에 빠졌습니다 지금 혼수 상태에 있습니다 두 달 전에도 병원에 입원한 적이 있었습니다 입에서 피를 토하였기 때문에 급히 입원을 하였답니다 어느 즐거운 주말 오후였습니다 집에서 알맞은 거리에 있는 경희대학교 부속병원으로 아내와 함께 갔습니다 걱정을 하는 마음이기는 하였지만, 내가 죽는 것도, 내 아내가 죽는 것도, 내 자식이 죽는 것도 아니었기 때문에, 얼핏 걱정을 하였을 뿐입니다 병원에 있는 그의 얼굴은 섬뜩할 정도로 검은색이었습니다 숨을 제대로 쉬지 못하였습니다 그러나 그도, 그의 아내도 말로만 걱정을 하였을 뿐입니다 내 앞에서 죽어가지는 않았기 때문에, 내 앞에서 피를 토하지는 않았기 때문에, 다시 일어나서, 다시 같이 저녁도 먹고, 다시 회사도 다니고, 나는 희망의 발언을 하였습니다 이해가 되지 않았습니다 아니, 받아들이고 싶지 않았습니다 나도 그러하였고, 나의 아내도 그러하였고,

그도 그러하였고, 그의 아내도 그러하였고

　나의 아내는 예전에 간호원이었습니다 나에게 다소 걱정스러운 발언을 하였습니다 마지막도 생각하여야 한다고 말하였습니다 그러나 말뿐이었습니다 그가 걱정이 되기는 하지만, 아직 숨을 쉬고 있었고, 그는 희망을 이야기하고 있었습니다 내가 왜 그의 말을 믿지 않아야 하겠습니까 며칠 뒤 그가 퇴원하였다는 소식을 들었습니다 그렇게 그렇게 조금씩 나아지거나 조금씩 나빠지겠지 위로를 하였습니다 종말의 소문은 많이 들리지만 본 적도 들은 적도 없기 때문에 종말이 올 것을 믿을 수 없었습니다

　지난 토요일 또 하나의 즐겁고 편안한 토요일 저녁, 아내가 전화를 받았습니다 조용히 다가온 아내는 말하였습니다 그가 '코마'에 빠져 있다고, 전혀 의식이 없다고, 어머니가 불러도 반응이 없다고 말하였습니다 그의 아내가 다가가서 "여보, 나 알아보겠어요? 알아보겠으면, 눈을 깜빡이세요" 말하면 어쩌다 겨우 반응을 보인답니다 눈을 살짝 떴다가 감는답니다 감은 눈에서 눈물이 주르륵 흘러내린답니다 믿을 수 없는 나는 예전에 간호원이었던 아내와 의학 서적을 뒤적입니다 '코마'는 되돌아올 수 없는 길입니다 이제 그는 나에게 거짓말도 할 수 없습니다

이제 더 이상 내가 앵무새처럼 반복할 수 있는 희망의 발
언을 할 수 없습니다 나는 누구입니까 그의 죽음 앞에서
나는 누구입니까 그는 살해되고 있는 자입니다 나는 누구
입니까 이제 나는, 나의 아내를 부르지도, 그의 아내를
기억해 내지도 않습니다 그에게 나는 누구인지 질문합니
다 그는 살해되고 있는 자입니다 나는 누구입니까

무엇을 기다리는지 모르지만 토요일이 지난 지 여러 날
입니다 벌써 다시 금요일입니다 무엇을 기다리는지 모르
지만 나는 기다립니다 본인의 직장 동료였던 그, 살해되
고 있는 그, 더 이상 거짓으로도 희망의 발언을 할 수 없
는 그, 나는 그를 기다리지 않습니다 나는 누구도 기다리
지 않으면서, 나는 기다립니다

누구나 그렇듯이 하루 하루의 삶은 갈등의 연속입니다
직장 생활이 힘겹지 않은 사람은 별로 없습니다 나도 아
이고 지겨워, 아이고 힘들어, 매일 속으로, 또는 겉으로
불평을 하면서 살아갑니다 그런데 최근 삶의 용기가 생겼
습니다 더 이상 거짓으로도 희망의 발언을 할 수 없는,
의식 불명으로 죽음을 기다리는 나의 직장 동료 때문입니
다 그가 나에게 삶의 용기를 주고 있습니다 그는 죽어가
면서 나에게 삶의 용기를 주고 있습니다 나의 죽음을 보

라 나는 죽는다 나는 죽어간다 두고 가는 아내가 불쌍해
서 나의 아이들이 안타까워서 나는 무기력하게 눈물을 주
르륵 흘린다 자네, 나의 죽음을 보라 그렇게 그는 하루
종일 나의 귀를 두드립니다 그런 그와 함께 나는 용기를
얻습니다 직장 생활이 더 이상 힘들지 않습니다 연속되는
갈등이 더 이상 견디기 힘들지 않습니다 그의 죽음을 함
께 견디면서 나는 삶을 만들어갑니다 하루 종일 나의 귀
에 속삭입니다 나의 친구는 다정하게 속삭입니다 나의 죽
음을 보라 나의 죽음을 보라 나의 죽음을 보라

위반

위반해 보자
아니, 정말로 위반하지는 말고
막 위반하려는 지점까지 가보자
예를 들면, 전쟁이 아닌데도 사람을 죽인다든가
아니면, 부모나 동생을 정말로, 육체적으로 사랑을 한
다든가
그것도 아니면, 남자라면, 술에 취하지도 않았는데 길
가에서 오줌을 눈다든가
그저, 사회가, 편안하고 안전하고 믿을 만하다고 생각
해 오던
우리 사회가 굳게 둘러놓은 벽을 만져보기 위해, 슬쩍
건드려보기 위해
아니, 정말로 위반하지는 말고
그러면, 위반의 의미를 음미하기보다는
경찰이라든가 법원이라든가 적어도 주변의 눈총이라든가
그런 현실적인 문제와 아무 생각 없이 계속 싸워나가야
하니까
그러니까, 정말로 위반하지는 말고
그저, 막 위반하려는 지점까지만 가보자
그리고, 그리고 난 다음에, 자유와 평화를 애기해 보자

철조망

왜 이렇게 살아야 하지 파리 런던 시드니 뉴욕 선진국
도시처럼 인간답게 살 수 없는지 분노하다 뒤에 오는 운
전자가 어떤 걸 느끼는지 관심 없이 무식하게 위험하게
끼어드는 걸 보고 분노하다 툭 치고 지나가며 미안하다
말 없으면 걷기 얼마나 힘든지 아주 작은 것에 분노하다
본다 철조망 우리의 가슴에 철조망이 있다 선진국 도시에
없는 철조망 한반도 가로지르는 철조망 내전의 후유증 휴
전 시대의 철조망 가슴에 있다 끝나지 않은 전쟁의 국민
언제 다시 총성이 하늘을 뒤덮을 나라의 국민 전투 지역
주민 가슴에 철조망 있다 언제라도 총에 맞아 쓰러질 가
능성의 나라에서 선진국 도시처럼 인간답게 살기 바라는
것은 사치다 뒤에 오는 운전자가 어떤 걸 느끼는지 관심
없이 무식하게 위험하게 끼어들 수밖에 없겠지 언제 총에
맞아 쓰러질지 모른다면 툭 치고 지나가며 미안하다 말할
수 없겠지 언제 어느 곳 총알 날아와 개구리처럼 바닥에
내팽개쳐질지 모른다 본다 철조망 분노할 수 없다

형

소크라테스 兄, 형이 죽었다는 소식을 들었다오
아직 완전하게 겨울이 아닌 바람만 매서운 날
완행열차를 타고 어느 간이역의 낭만을 즐기다가
형이 죽었다는 비보를 접하고는 얼마나 놀랐는지
솔직히 말하지요, 형이 죽은 역사적 사실 때문이 아니라
죽으면서, 죽어가면서, 형이 기다렸던 正義 또는 神 때
문이라오
늦게도 태어난 카인 같은 이 동생은 솔직히 이해할 수
없었소
아무리 나이가 많았더라도, 아무리 보는 눈이 많았더라도
조용히 있을 수 있었겠소, 신의 아들이라면, 그렇게 믿
었더라면
인민재판의 끝이 무엇인 줄 알았을 형의 순종적 죽음
때문이라오
의정부에서 신탄리까지 반도의 남쪽 경원선 열차를 타고
다시 민통선을 넘어 버스를 타고 제2땅굴을 보고
돌아오면서 사진이나 찍으려고 철원 노동당 당사를 보
았는데
그저 앙상하게 기둥만 남아 여기저기 부서져버린 잔해
만 남아

삼엄했던 인민재판이나 재판을 받던 이들의 슬픈 눈동
자를 보다가
소크라테스 兄, 형이 죽었다는 소식을 들었다오
형이 죽었다는 비보를 접하고는 얼마나 놀랐는지
솔직히 말하지요, 형이 죽은 역사적 사실 때문이 아니라
죽으면서, 죽어가면서, 형이 기다렸던 正義 또는 神 때
문이라오
인민재판의 끝이 무엇인 줄 알았을 형의 순종적 죽음
때문이라오

나는 소크라테스를 용서할 수 없다
나는 소크라테스의 사상을 용서할 수 없다

나는 소크라테스를 용서할 수 없다. 결정적인 증거는 다음에 제시된 『파이돈』의 구절이다. 이하 어떤 책에서 인용 : "지금 열한 사람의 집행 위원이 소크라테스와 함께 있어 그 사슬을 풀어주고, 또 오늘 죽을 거라는 말을 하는 중이라 그래요."라고 하더군요. 얼마 안 있어 그가 돌아와서 우리를 안으로 들여보내 주었습니다. 그래 들어가 보니 소크라테스는 막 사슬에서 풀린 참이었고, 크산티페는(당신도 이분을 아시지요.) 그분 곁에 앉아 아이를 팔에 안고 있더군요. 그녀가 우리를 보고, 여자들이 으레 그러듯 소리를 지르더군요. "오오, 소크라테스, 이제 당신이 친구분들과 이야기하는 거나 저분들이 당신과 이야기하는 거나 이것이 마지막이군요." 소크라테스는 크리톤에게로 시선을 주며 말하였습니다. "크리톤, 누구든 한 사람을 시켜 이 여자를 집에 데려가게 해주시오." 그래서 크리톤 밑에 있는 사람 하나가 그녀를 데리고 나갔는데, 그녀는 소리를 지르고 가슴을 치며 법석을 떨었습니다.

나는 소크라테스의 사상을 용서할 수 없다. 결정적인 논리는 다음과 같다. 스승의 아내를 "소리를 지르고 가슴을 치며 법석을 떨었습니다."라고 묘사하다니 플라톤은 건방진 자식이다. 그런 식으로 제자를 키운 소크라테스를 용서할 수 없다. 죽음 앞에서 다들 점잖고 침착하게 '이야기'하는데, '여자들이 으레 그러듯' 크산티페가 소란을 피운다고 쓰는 플라톤이나 자신의 '아이를 팔에 안고' 있는 아내를 집에 보내버린 소크라테스나 그의 말을 충실하게 따른 크리톤이나 다―아들 미친 자식이다. 소크라테스의 사상 때문에 다들 돌았다.

그리하여 나는 소크라테스의 사상은 물론이고 소크라테스를 용서할 수 없게 되었다.

민들레 나라

민들레는 꽃이 아니다
민들레는 잔디가 아니다
따라서
민들레는 잡초다
라고
서울시 또는 관련 구청의 공무원이
결론 내렸던 것을 아는 사람은 안다
의정부에서 성수대교까지
성수대교에서 영동대교를 거쳐 잠실대교까지 그리고 계
속되는
동부강변고속도로를 여러 해 운전해 본 사람은 안다
봄이 되면 민들레도 꽃 피는데
잡초로 규정된 민들레는, 못생긴 민들레는
새마을 노역에 동원된 아주머니들이
머리에 수건을 쓰고 앉아 잡초 뽑기에
뽑혀 나가고 있었는데, 매년 뽑혀 나가고 있었는데
이제 보라, 성수대교 공사 때문인지
금년에는 그 때문에 잡초 뽑기가 없었는지
성수대교 부근에서 잠실대교까지 도로변
민들레, 민들레, 민들레 나라가 되었다
성수대교에서 영동대교까지

조경 공사를 한다고 도로변에
큼직한 돌을 박아놓고
조경 공사에 알맞는 개념으로
듬성듬성 진달래도 심어 피어 있는데
와 보라, 온 천지 민들레가 뒤덮고 있다
바위 틈에도 잔디 사이에도 셀 수 없는 민들레, 못생기
게 하늘거리는 민들레
숨 쉬는 흙, 우리 땅
비 오면 질척거리고
바람 불면 먼지 날리던
우리 땅 위에 아스팔트 깔아
숨을 죽여버리고
직선을 그어 그 위를 달리는 우리들이지만
오라, 와서 보라
이 민들레 나라의 통쾌한 반란을
다시 억압과 압제의 잡초 뽑기가 시작되기 전
이 해방을 위해, 이 짧은 해방을 위해
아스팔트 도로 위에서라도, 자동차 속에서라도
만세를 부르자, 만세를, 우리의, 우리의
민들레 나라
만세

조국 근대화

수십 년 다니던 회사에서 쫓겨나거나 이번 달부터 월급
못 받는 일 발생하고 있다 너와 내가 같이 살자는 조국
근대화의 깃발 아래 주인님 것도 내 것처럼 열심히 살아
온 일꾼들이 당황하고 있다 자손 대대로 편안하리라 믿던
주인님도 망하는 소동에 놀라고 있다 이제 정말 조국 근
대화한다 근대화되면서 자본주의화되면서 욕심쟁이 영감
스크루지에 화내는 서양 사람 이해하면서 돈의 위력 절감
하면서 이제 정말 조국 근대화한다 새벽부터 새벽별 보며
열심히 일하면 너와 내가 잘살 것이라는 조국 근대화 육
군 준장의 조국 근대화 새마을 운동의 조국 근대화 천 삽
뜨기 운동 실패한 조국 근대화 돈만 남은 조국 근대화 너
와 내가 잘사는 희망 사라지고 돈만 남은 조국 근대화 근
대화는 자본주의화 자본주의는 돈의 나라 돈의 나라가 조
국 근대화 이제 정말 조국 근대화한다

걸어다니는 미라

『과학문명의 역사』를 읽다가 재미있는 구절을 발견했습니다. 「오늘의 요리」의 요리법 같은 미라 제조법. "이집트에서 유명한 미라 제조는 건조한 기후 덕분에 만들기가 수월했다. 그리고 미라는 죽은 사람의 영혼이 지상으로 돌아왔을 때 머무를 장소로 만들어졌다. 그 제법의 요점은, 시체의 콧구멍에 갈고리 모양의 가느다란 금속봉을 집어넣어 뇌수를 끄집어낸다. 이어 돌칼로 배 옆을 잘라 열어서 심장과 신장, 그 밖의 내장을 끄집어낸다. 그 다음 깨끗하게 한 복부에 향료를 집어넣고 자른 부분을 꼬맨 다음, 시체를 소다 속에 70일간 담가 수분을 빼낸다. 이렇게 하여 만들어진 미라의 전신에 아마포를 감은 다음 수지로 칠한다. 마지막으로 사람 모양의 관 속에 미라를 넣고 봉한 다음 묘소의 벽에 세워놓는다. 또한 미라의 제작법에는, 상등, 중등, 하등의 구별이 있었다고 한다. 여기서 주의할 점은 어디까지나 종교적 의식의 하나였던 미라 제조가 인체의 해부학적 지식에는 어떤 공헌도 하지 않았다는 것이다. 오늘날 남아 있는 미라의 머리 부분에서 가장 놀랄 만한 것은 세티 1세의 것인데, 이 무렵이 미라 제조의 최전성기였을 것이다. 머리 부분에서 아래로는 아마포로 감싸여 있었는데, 도굴자에 의해 망가졌다.

미라는 돌과 같이 단단하다.”

　당신에게 미라 제조법을 읽어드리는 이유는 최근 걸어
다니는 미라를 많이 만났기 때문입니다 동면하는 우리 집
청거북처럼 집구석에 틀어박혀 있었습니다 책을 출판하는
일 때문에 시내에 나갔습니다 인사동 부근에서 두 번 술
을 마셨습니다 맥주 한 병에 4,000원입니다 라면 여덟 봉
지에 해당하는 아주 비싼 가격입니다 다들 술을 잘 마시
기 때문에 두 시간쯤 지나면 4만 원쯤 내야 합니다 출판사
를 소개해 준 동료와 술을 마시기 시작하였습니다 그러다
가 다른 사람들과 섞였습니다 지금까지는 자네가 계산하
게 이 다음부터는 내가 사지 어느 시인이 말하였습니다
그러나 그 옆에 있던 시인은 거짓말을 하는 모습이 부끄
러워 도망쳤습니다 내가사지시인은 도망치지 않았습니다
그리고 돈을 내지도 않았습니다 그리고 2차에까지도 좇아
왔습니다 나는 돈을 냈습니다 전부 낸 것은 아니지만 그
래도 많이 냈습니다 내 술값보다는 훨씬 더 냈습니다 앞
으로도 그렇게 낼 것입니다 며칠 뒤 출판사소개동료와 만
났습니다 내가사지시인은 속에 아무것도 들어 있지 않은
사람이라고 내가 화를 냈습니다 아니 속에 들어 있던 것
을 다 꺼내고 수분을 빼낸 다음 전신에 아마포를 감은 다

음 수지를 칠한 미라라고 비난했습니다 출판사소개동료
는 웃었습니다 걸어다니는 미라가 많다고 웃었습니다 최
근 걸어다니는 미라를 '많이' 만난 것은 아닙니다 그러나
인사동 술집 부근에 '많이' 걸어다니고 있다고 믿게 되었
습니다 미라는 돌과 같이 단단하기 때문입니다 그들은 내
가 내는 화에도 내가 퍼붓는 비난에도 꿈쩍하지 않을 것
이기 때문입니다 그래서 나는 화를 내지도 비난을 퍼붓지
도 않을 것입니다 미라야 미라들아 잘 살아라 잘 먹고 잘
살아라

　미라 제조법을 읽어드리는 이유를 아시겠지요 나는 아
니라고요 그러니까 내가 읽어드리는 것이겠지요 나도 아
니고 당신도 아닌 미라 인사동 부근 술집에는 유령처럼
미라가 많이 걸어다닙니다 궁금하시다고요 직접 확인해
보시려면 내 친구 출판사소개동료처럼 인사동 부근에 가
보세요 돈을 많이 들고 가세요 라면을 단위로 계산하지는
마시고요

친구

—용산고 23회 졸업 30주년 기념 행사에 부쳐

친구여, 그대, 내 얼굴, 기억하시는가.
친구여, 그대, 내 이름, 기억하시는가.

그만큼, 오랜 세월이네그려, 그만큼 오랜,
잊을 수 없는 기억을, 잊을 수 있을 만큼 오랜,
잊었다고 껄껄 웃으며, 변명할 수 있을 만큼 오랜, 세
월이네그려.

각자, 아직 가슴 깊이 묻어둔, 잊지 못할 이름 있겠지,
친구여.
몇몇의 이름은 큰 소리로 불러보았고, 몇몇의 이름은
조용히 속삭여보았고,
몇몇의 이름은 아, 몇몇의 이름은 이제, 정말, 이름으
로만 남았다네.

강세균, 강홍선, 김상철, 김진도, 남정환, 박영모, 서
해원, 송동헌, 신원재,
심필주, 안승현, 안영인, 유부영, 이남선, 이우섭, 이
인호, 임명관, 장철곤,
전학수, 차명철, 한계춘, 허범, 요절이라 말할 수 없는

나이에 서서 돌이켜보는 다정한 이름.

　친구여, 자네는 어디에 서 있는가.
　낙엽이 소소히 지는데, 자네는 정말 어디에 서 있는가.
　나는 벌써 11월이라네, 자네는 아직도 청청한 9월인가,
아니면 더운 8월인가.

　11월의 서울 거리에 눈처럼, 노란 갈색의 눈처럼, 늦가
을 낙엽이 멋대로 날리는데
　마음의 네거리에 후회처럼 과거가 날아가고, 두려움처
럼 미래가 날아오는데
　여전히, 오랜 세월 질문했지만, 여전히 대답을 모르고,
여전히 눈멀어 있는데

　친구여, 다시 돌아오지 않는 시간 속에서, 그대, 그대
는 나의 친구였다네, 나의 친구라네.

　남산에 씩씩한 기상을 받아, 낮은 목소리 웅얼거리며,
추운 어깨 움츠리며, 같이 노래 부르던
　이 나라 이 겨레에 큰 그릇 되자, 그래, 우리, 이제 30

년, 이제 50 되어, 우리, 큰 그릇이네.

　친구여, 자네는 자식이 몇인가, 다 잘 되었는가, 그래,
부모님은 아직 살아 계신가, 친구여.
　친구여, 그대는 아직 살아 있는가, 그대, 계속 살아 있
어라, 친구여, 계속 악착같이 살아 있어라.

　친구여, 자네는 승리의 순간에도 같이 있었고, 패배의
순간에도 나와 같이 있었던 친구여.

　기나긴 어제는 오늘을 준비하였고,
　내일의 영광이나 절망 또는 침묵을 준비하였을 터이니,

　아직, 우리의 우정은 끝나지 않았다네.
　아니, 30년의 우정은 이제 시작이고, 이제, 정말, 시작
일 뿐이라네, 친구여.

나는 정말 아주 다르다

　나는 다르다. 나는 아주 다르다. 나는 정말 아주 다르다. 나를 만난, 나를 만나는, 나를 만났던 사람들에게 미안하다. 나는 정말 아주 다르기 때문이다. 어떻게 다른지 모르지만, 너무 다르기 때문이다. 처음에는 그저 이상하다고 저어한다. 그러다가 그저 무시한다. 세상에는 다른 사람이 있을 수 있기 때문이고, 다른 사람이 다르게 살아가는 것에 사사건건 간섭할 수 없기 때문이다. 그러다가 자주 부딪치면, 자주 만나면, 반발한다. 내가 강요하는 건 없지만, 같이 있는다는 것은 서로에게 영향을 주는 것이기 때문이다. 가만히 있어도 내가 옆에 있는 한 나를 생각하지 않을 수 없기 때문이고, 나를 생각하면서 내게서 영향을 받지 않을 수 없기 때문이다. 나는 정말 아주 다르기 때문이다. 반발하다가, 결국, 경악한다. 정말로 다르다고 느끼는 순간이 오기 때문이다. 내가 정말로 다르다는 것, 정말 아주 다르다는 것을 느끼는 다른 사람의 경악을 나는 안다. 그러다가 수용한다. 받아들인다, 그래, 그렇게 살아라, 너는 너니까, 그렇게 살아라. 체념하면서 수용하는 다른 사람의 눈빛을 읽는다. 저어하다—무시하다—반발하다—경악하다—수용하다. 이 교수가 어제 경악했다. 최근 너도 나와 같을 뿐이다, 시를 쓰지만 너도 나처럼 밥 먹고 똥 싼다고 반발했었는데, 어제 드디어, 나를 조금, 보았다. 경악하던, 어제의, 이 교수의 눈빛이 생각난다. 요즈음, 김 교수는 반발한다. 안녕하세요, 인사해도, 화가 나는 표정이다. 도대체 너는 왜 존재해서 나를 어지럽게 하는가, 너의 존재를 왜 무시할 수 없는가, 나에게 화가 나고 자신에게 화가 난다는 표정으로 산다. 그가 나를, 화가 나서 참을 수 없는 표정으로 쳐다보는, 요즈음이다.

십 년 전인가, 황혼이 물드는 저녁, 가족과 함께, 시드니 항구를 감싸는, 아름다운, 센테니얼 파크의 산책로를 걷고 있을 때, 잔디에 듬성듬성 앉아 있던 무리 중에서, 누군가, 갑자기, 내 시야에 들어왔다. 한 명의 애보리진. 오스트레일리아의 원주민. 신석기 시대부터 변하지 않은 모습, 크로마뇽인 같은 얼굴이, 내 얼굴을 막아섰다. 우리는 모두 친구다. 그가 갑자기 외쳤다. 그가 갑자기 손을 내밀었다. 우리는 모두 친구다. 나는 화가 났다. 이상하게 생긴 너 크로마뇽인이여, 역사 속으로 돌아가라, 나는 너의 존재를 무시하겠다, 나는 너의 우정 어린 손길을 잡지 않겠다, 너무 놀랐다, 평온한 산책을 이렇게 방해할 권리가 없다, 속으로, 나도 소리쳤다. 나는 손을 잡지 않았다. 아주 짧은 시간, 일이 초의 순간이 지나갔다. 실망한 표정이 얼핏 스쳤다. 나는 그냥, 표정을 지나쳤다.

벌써 십 년인가. 조용한 시간, 사색의 시간이 되면, 한 명의 애보리진을 만났다. 아니, 악수를 하지 않은, 나를 만났다. 왜 나는 악수를 하지 않았을까. 왜 나는 손을 내밀지 않았을까. 손을 내밀어 악수를 하지 않는 나를 만났다. 질문했다. 악수는 키스보다, 포옹보다 쉬운 사업이다. 왜 키스하지 않았을까, 왜 포옹하지 않았을까, 왜 악수하지 않았을까, 질문했다. 이제, 질문에 대한 대답이 시작되고 있다. 「나는 정말 아주 다르다」를 쓰면서, 나는 대답하기 시작한다. 나를 보고 화를 내는 단계에 있는 김 교수, 나를 보고 경악하는 단계에 있는 이 교수를 본다. 김 교수나 이 교수는 나다. 애보리진에게 손을 내밀지 않은 나다. 나는 조용히 받아들인다. 허공에 손을 내민다. 십 년 전, 한 명의 애보리진이 내민, 손을 받아들인다. 허공에서 두 손이 이제, 아름답게, 만난다. 나는 안다, 나는 정말 아주 다르다는 것을. 그리고, 나는 안다, 한 명의 애보리진이 정말, 아주 다르다는 것을.

혁명과 사랑의 구호

혁명은 밥을 먹으면 똥이 나온다는 논리를 갖고 있다.
모든 구호는, 밥을 먹으면 똥이 나와야 한다고 외친다.
모든 사랑은, 밥을 먹으면 똥이 나올 것이라고 믿는다.
밥을 먹으면, 시간이 지나면, 똥이 나오는 몸을 갖고
있다.

그러나, 몸 때문에, 언젠가 말을 듣지 않을 몸 때문에
밥을 먹어도 똥이 나오지 않는 시간의 단절이 있을 것
이다.
1999년 1월 2일 오후 7시
밥을 잔뜩 먹고, 밥을 잘 먹기 위해 막걸리도 마시고
먹은 밥을 소화시키기 위해 경주 불국사를 구경하고
시간이 지나면 똥이 나오는 몸을 위해 사우나를 갔다가
편안하게 어지러워지면서 벌거벗은 몸으로 쓰러지다가
잔뜩 먹은 밥이 올라오다가 코와 식도를 거꾸로 올라오
다가
똥이 되지 않기로 마음을 먹은 밥이 거꾸로 올라오다가
일부는 코로 나오고, 일부는 다시 식도로 넘겼다.
그리고, 시간이 지나, 지금, 아주 굵은 똥을 자랑스럽
게 바라본다.

밥을 먹으면 똥이 나온다는 논리가 있다.
열심히 공부하면 성적이 좋아지고
열심히 일하면 잘살게 되고,
열심히 살았는데 잘될 것 같지 않으면 혁명을 한다.
밥을 먹으면 똥이 나와야 한다고 외친다, 혁명 구호.
밥을 먹으면 똥이 나올 것이라고 믿는다, 사랑의 속삭임.

그러나,
혁명, 모든 구호, 모든 사랑은
몸처럼 위태롭다.

그리고,
벌거벗은 몸으로 쓰러진 다음
똥이 사랑스럽지 않다
밥이 자랑스럽지 않다
몸처럼 위태로운
혁명과 사랑의 구호.

수간(獸姦)

인터넷 섹스 잡지 《너브》에 동물 권리 운동의 아버지, 피터 싱어가 네덜란드 생물학자 미다스 데커스의 재판된 서적 『사랑하는 애완동물 : 수간론(獸姦論)』(베르소)을 논평한 직후인 3월의 첫 번째 수선화가 필 무렵 논쟁이 시작되었다. 3개월이 지났지만, 도발적인 『동물 해방』의 저자이며 프린스턴 대학교 인간 가치관 센터의 생명윤리학 교수인 피터 싱어를 둘러싼 최근의 대소동에는 아직도 해소의 기미가 보이지 않는다.

이번 사건 이전에도 싱어는 독설의 세례를 받은 바 있다. 유아 살해와 안락사가 도덕적으로 정당화될 수 있다는 견해 때문에 나치 같은 인물이라고 불리기도 하였다. 이번 분란은 동물과의 섹스에 관련된다. '농도 짙은 애무'라는 제목의 논평에서 싱어가 동성애, 오럴 섹스, 피임과 자위 행위에 관한 터부 등 비생식적 섹스에 대한 터부가 거의 대부분 없어졌지만 특기할 만한 터부 하나가 아직 남아 있는데, 동물과의 섹스에 대한 터부라고 지적한다. "개하고 섹스하는 것이 얼마나 좋은지 수다 떠는 소리를 최근에 파티에서 들어본 사람 있어요?" 수간 터부의 계속은 동물에 대한 인간의 양가성(兩價性)을 반영한다. 우리가 그들과 닮았다는 것을 우리는 안다. 그러나 우리가 더 낮다고 생각하고, 그래서 '성적인 측면에서 그리고 다른 모든 측면에서 우리 자신을 동물과 차별 짓고' 싶어한다는 것이다.

물론, 터부가 몽상을 막지 못한다. '사슴이 여인네를 올라타고 있는 17세기 인디언의 세밀화'와 거대한 낙지가 여인네를 아주 부지런히 더듬고 있는 19세기 일본 회화를 포함한 데커스 책의 그림이 묘사된다. 실생활에서도 터부가 언제나 효력을 발휘한 것은 아니었다. 어떤 남자는 암탉과 섹스를 하였고, 어떤 사람은 '상호 만족스러운 행위'에 도달하였기에 집에서 기르는 개가 자신을 마음대로 하는 것을 막지 않았다.

인간이 동물과 교미하는 데 있어서 도덕의 문제는 인간의 품위 손상이나 타락이 아니라 차라리 동물 학대라는 점이다. 그러나 '동물과의 섹스가 언제나 학대 행위를 포함하는 것은 아니다.' 게다가 학대가 문제라면, 동물과 교접하는 것보다 동물을 죽이기 위해서 키우는 것이 더 나쁜 짓이 아닐까? 샌프란시스코 크로니클은 싱어의 입장을 다음과 같이 요약한다. "동물과 섹스할 수 있다. 그러나 먹지는 마라."

반응은 신속하였고 지속적이었다. 어떤 비판자들은 인

간을 대변하여 다른 비판자들은 동물을 대변하여 경악하였다. 다음과 같은 신문의 헤드라인이 줄을 이었다. '헛간 문을 잠그세요', '강아지 사랑', 그리고 '감히 이름을 짓지 못하는 사랑' 등. 싱어의 논평이 확산되면서, 논쟁의 초점이 학대에서 동의로 옮겨가기 시작한다. "잘 알다시피 동물이 말을 할 수 없기 때문에 동물이 동의한다는 것을 어떻게 전달할 수 있는지" 싱어가 설명하지 않았다고 슬레이트가 인터넷 잡지에서 말한다. 뉴 리퍼블릭은 한 걸음 더 나아간다. "만약 동물이 소위 인권이라는 것의 보호를 받을 권리가 있다면, 동물과의 섹스는 동의 부재, 즉 강간이 아니겠는가?" 수간에 대항하는 단체, '동물 섹스 학대 정보와 대응' 인터넷 페이지의 회장에서부터 버지니아 주 마치퐁고에 본부를 둔 가금류의 권리를 옹호하는 단체인 '가금류 관계자 연합'의 회장에 이르기까지 동물 권리 운동 단체들이 아주 신속하게 중재에 나서기 시작한다. '동물의 친구' 회장 프리실러 페럴은 "유아 성교가 나쁜 것과 똑같은 이유로 수간도 나쁘다."라고 썼으며, 싱어처럼 '유인원 권리 장전'의 서명자 중 한 사람인 게리 프랜시오니는 유인원의 권리에 있어 더 이상 싱어를 신뢰할 수 없다고 말한다. 중요한 예외가 하나 있는데, '동물의 윤리적 취급을 옹호하는 사람들'의 회장인 잉그리드 뉴커크는 싱어의 입장을 옹호할 뿐만 아니라 완전히 순수한 동물—인간 섹스 행위를 상상하기도 한다. "만약 여자가 말을 타면서 성적인 즐거움을 얻는다고 하더라도, 말이 고통을 당하는가? 그렇지 않다면, 관심을 가질 필요가 어디 있는가? 만약 당신이 당신의 개와 프렌치 키스를 하고 그 수놈이나 암놈이 아주 좋다고 생각한다면, 그것은 잘못인가? 우리는 모든 착취와 혹사가 나쁘다고 믿는다." "만약 착취와 혹사가 아니라면, 나쁘지 않을 수도 있는 것이다."

자신의 논평을 둘러싼 논란이 대개 '히스테릭'하고 시간 낭비일 뿐이며 "이 나라는 청교도적 세계관에 사로잡혀 있다."고 싱어가 덧붙인다. 수간 문제에 있어서 문제점이 상대적으로 적은 편이다. 공장형 농장에서 연간 수십 억의 동물이 살해되는 반면, 인간—동물의 성적 교접은 단지 수백 건이나 수천 건일 뿐이다.

수간 문제는 동물이 권리를 갖고 있는지 여부와 그러한 권리는 어떤 것인지에 관한 더 큰 논쟁의 극단적인 국면을 어느 정도까지 대변한다. 그러나 법률도 당면 과제다. www.asairs.com에 수록된 에세이에서 포틀랜드 서던 메인 대학교의 범죄학 학과장이면서 동물 학대 과정을 가르치는 피어스 번에 의하면 현재 24개 주가 수간을 금지하는 법을 갖고 있으며, 추가로 7개의 주가 그러한 법을 고려하고 있다. 예전에는 수간이 신을 거부하는 범죄로 여겨져서 메인 주에서 10년의 중노동 판결을 받았다. 제2차 세계 대전 이후 법이 완화되었다. 그러나 현재 메인 주의회에 제출되어 있는 법안은 동물 학대이며 가정 폭력과 연계된다는 근거에서 수간을 다시 범죄로 규정하자는 제안을 하고 있다. 뱅고어 데일리 뉴스에 증인으로 나왔던 필립 버블의 말이 인용되어 있는데, 자신의 개신부인 버블 부인과 자주 섹스를 한다고 말한다. "하느님의 눈으로 보더라도 진실로 우리가 결혼한 것이지요."

싱어가 의도했던 바대로 논평의 주요한 효과가 있을 것이라고 번 교수가 예측한다. "수 세기 동안 터부였던 문제가 이제 공개된 장소로 나오게 될 것이다." 다른 것도 변했다. 이제 수간 문제에 있어서, 신이 원하는 것이 무엇인가라기보다 동물이 원하는 것이 무엇인가라는 점이 논란의 초점이다.(더 뉴욕 타임스, 2001년 6월 9일)

4부

똥 문제

똥 문제

우리 가족은
화기애애한 분위기 속에서
똥 얘기를 합니다.
아내의 똥은 다음과 같습니다.
(아내는 웃으면서, 그리지 않겠답니다, 나의 그림)

아침에 일어나고
저녁에 잠드는
정상적인 생활을 하는
유일한 사람입니다.
그래서, 똥도 정상적입니다.
똥의 모습도 정상적입니다.
아들의 똥은 다음과 같습니다. (나의 그림)

튼튼한 아들,
다리도 나보다 굵고
몸통의 색깔도 건강한 구릿빛입니다.
학교에서 축구를 하면 수비를 보아야 하지만
우리 가족들은 그의 튼튼한 똥을
그의 굵고도 힘찬 똥을 사랑합니다.
딸의 똥은 다음과 같습니다. (나의 그림)

딸은 그림을 잘 그립니다.
그러나, 딸에게 그림을 부탁하지 않았습니다.
딸은, 지금 기말 고사 시험 공부에 시달리는 딸은
배가 아파서 괴로워합니다.
나는 딸의 똥 문제를 너무 잘 이해합니다.
내가 모든 똥 문제의 시작이기 때문입니다.
나의 똥은 염소똥이거나 아니면 설사입니다. (나의 그림)

너무 고단한 삶,

너무 긴장된 삶,

나는 딸이 열심히 살기 바랍니다.

그러나, 나는 딸이 나 같은 똥을 갖게 되지 않기를 바
랍니다.

뒤똥뒤똥

너무 긴장하고 살아서 그런지

우리 식구들에게 똥 누는 건 큰 사건이다 나만 해도 그렇다 집에만 있으면 며칠이고 똥을 못 눈다

학교 선생이라 방학이 있는데 요즈음은 사정이 그런대로 괜찮지만 얼마 전까지만 해도 아내도 나도 방학 오는 게 두려웠다 서로 같이 잘 지내지 못하니까 싸우는 건 아니지만 미워하는 건 아니지만 이상하게 숙제하는 것같이 숙제 못한 학생같이 불편해서 하루 종일 집에 붙어 있는 나도 불편하고 아내도 불편했기 때문이다 지금은 잘 지내지만 그때는 문제였는데 그때 그 방학 때 알게 모르게 긴장 속에서 하루하루를 보낼 때 며칠씩 똥을 못 눈다 똥을 못 누었다는 사실도 모른다 그저 하루하루 살아가는데 그러다가 갑자기 배가 아프고 뒤틀리고 하늘이 노래진다 너무 오래 갖고 있으니까 나오면서 억지로 나오면서 배가 뒤틀리고 하여튼 화장실 문고리에 매달려서 식은땀을 흘리고 창자가 끊어지는 듯 아프고

방학이 아니면 괜찮다 학교에서는 더 긴장하지만 집이 너무 멀어서 적어도 한 시간은 운전해야 한다 출퇴근 시

간이면 어김없이 한 시간 반이다 운전하는 게 긴장이 되기는 하지만 그저 앞차 옆차 뒷차 열심히 관찰하면서 안전하게 운전하면 되니까 한 시간이나 한 시간 반 긴장이 다소 풀리는 시간이기도 하다 그래서인지 거의 아침마다 학교에 도착할 때가 되면 학교가 점점 가까워지면 똥 누고 싶은 마음을 참을 수 없게 된다 언제나 똥 누고 싶은 마음에 서둘러 오리 궁둥이처럼 뒤뚱뒤뚱 똥 누고 싶어 뒤뚱 똥 누고 싶어 연구실로 가방 들고 올라간다 뒤뚱뒤뚱 뒤똥뒤똥

오늘 아침에는 오랜만에 집에서 똥 누고 나왔다

어제 하루 종일 어려운 평론 부담스러운 평론 욕하는 평론 하나 끝내고 짧은 밤이지만 편하게 자서 그런지 그래서 긴장이 풀렸는지 오늘은 오래간만에 화장실에서 점잖게 일을 보았다는 즐거움을 보고할 수 있는데

문제는 아들이다

그 녀석 뱃속까지 나를 닮았는지 어제 광릉에 봄놀이 갔다가 배가 아프다고 아우성쳐서 빨리 돌아왔다 돌아오다 점심을 잘 먹었는데 어쩐 일인지 점심 먹을 때에는 배

가 아프다고 불평을 하지 않더니 기분 좋게 집에 돌아왔
다 똥 누고 기분 좋게 잠을 잤는데

  어찌하나 어떻게 하나 어떻게
  이 똥의 현상학 이 똥의 철학 이 개똥철학 아니 이 사람
똥철학을 전하나 어떻게 전하나 걱정이다 정말 걱정이다

  걱정걱정 뒤똥뒤똥 뒤똥뒤똥

나의 자존심

나는 자존심이 강하다
가족사에 발목 잡혀 오랫동안 발목 잡혀
이제야 뒤늦게 출세의 사다리를 오르고 있지만
그래도 나는 자존심이 강하다
고개만 몇 번 숙이면 될 텐데
고개만 몇 번 숙이면 날릴 텐데
노골적으로 충고해 주는 친구도 있지만
그래도 나는 자존심이 강하다
맹물 먹고 하늘 쳐다보면서 행복하다고 외치던
잘난 네 땅에서 나는 고사리도 안 먹겠다고 굶어죽던
오래전에 먼지 되어버린 조상들을 머리에 새기면서
나는 자존심이 강하다

그러나 딸의 경우는 다르다
시험 공부에 지친 딸이
일요일에도 공부하러 갔다 오는 딸이
들어오는데 총알같이 뛰어나간다
그래 잘 지냈니, 목욕물 받아줄까

아들 사랑

가끔 악마적인 생각에 젖어 있다 너무 사랑하면 그의 죽음을 상상한다 생각한다 아니 거의 기뻐한다 나는 아들을 사랑한다 나와 너무 닮은 아들, 나보다 좋은 환경에서 자라는 아들, 나보다 더 넓거나 깊게 자신의 능력을 펼칠 아들, 나를 사랑하듯 나의 아들을 사랑한다 아들을 사랑하는 것이 아니라 나를 더욱 깊이 사랑하는 것이 아닐까 가끔 반성한다 아들을 아들로서 사랑해야 한다

너무 사랑하면 그의 죽음을 거의 기뻐한다 아들을 생각하다 그의 죽음을 생각한다 그의 죽음을 상상한다 아니 그의 죽음을 거의 기뻐한다 그가 죽었다 나는 슬퍼하였지만 눈물을 흘리지 않았다 용감한 표정으로 나는 그의 죽음을 받아들였다 그의 장기는 기증되었다 그의 튼튼한 심장, 그의 건강한 간, 그의 각막, 많은 사람들이 그의 죽음 때문에 생명을 연장할 수 있었다 어려운 결정을 내린 나에게 감사했다 그는 화장되었다 그가 불에 탈 때, 아니 장기가 기증된 찢어지고 흩어진 그의 몸이 불에 탈 때, 나는 운명을 생각한다 거의 기쁜 마음으로 운명을 받아들였다

너무 사랑하면 그의 죽음을 거의 기뻐한다 그는 이제 납골당의 명패로 남았다 서울에서 적당한 드라이브 거리

에 있는 그의 납골당은 나의 안식처다 도시 생활에 지루
하거나 피로해지면 나는 그의 납골당을 찾는다 그의 납골
당에 새겨져 있는 그의 이름, 내가 지어준 그의 이름에,
차가운 그의 이름에 나의 따뜻한 손을 댄다 서늘한 그의
이름, 납골당의 명패가 주는 서늘함이 도시 생활의 피로
를 씻어준다 나는 그의 명패를 찾아가는 여행에 기뻐한다
아주 늦게 나는 여행의 기쁨을 발견했다

　가끔 악마적인 생각에 젖어 있다 너무 사랑하면 그의
죽음을 상상한다 생각한다 아니 거의 기뻐한다 나는 아들
을 사랑한다 나와 너무 닮은 아들, 나보다 좋은 환경에서
자라는 아들

백화점

백화점에 간다 피곤한 아내는 발랄하다 나는 피곤하다
내 구두나 양복을 사러 간다 그럴 때에만 백화점에 간다
내 구두나 양복을 사러 백화점에 들어가기 전부터 나는
피곤하다 나는 끌려 다닌다 돈이 아까워서 자신의 물건을
사는 적이 별로 없는 아내는 발랄하다 힘이 난다 내 구두
를 살 때에도 힘이 난다 나는 구두가 싫다 나를 피곤하게
하는 구두가 싫다 나는 양복이 싫다 나를 피곤하게 하는
양복이 싫다 아내는 백화점에 간다 나는 끌려간다

중년의 아내와 나는 만나기 힘들다

중년의 아내와 나는 만나기 힘들다.

치열한 경쟁의 밖에서 지친
나는 집으로 들어가고 싶다.
지루한 일상의 안에서 지친
아내는 집에서 나가고 싶다.

이제 문 앞에서 만난다.

하루가 너무 힘들었어.
다리 뻗고 쉬고 싶어.
하루가 너무 지루했어.
밥맛도 없고 노곤해.

가끔 문 뒤에서 만난다.

더 이상 자식을 생산하지 않는
더 이상 미래를 산출하지 않는
성교의 신음 소리에서 만난다.
성교의 몸부림에서 만난다.

She has ever been in the park.

She has ever been in the park.

왜 갑자기 영어 문장이 떠오르지, 고려대학교 교정을 걷는 아침 일곱 시, 왜 갑자기 영어 문장이, 마음속을 들여다보던 눈이 밖을 살핀다, 밖은 대학교 교정의 이른 아침, 그렇다, in the park, 공원이구나, 어쩌다 한두 사람 지나치는 한적한 광경, 유학 갔던, 지금처럼 가방 들고, 공부하러 다니던, 시드니의 아침 같은, 한국의 아침이구나

She has ever been in the park.

왜 그녀지, she, 그녀는 누구지, 다시 밖을 살핀다, 한두 사람 지나가는 여학생들, 내 시선이 눈부신지 고개를 돌린다, 이른 아침의 공기 속에서 신선한 여학생들, 그들이 공원을, 공원 같은 교정을, 빨리, 지나간다, 매일 흔하게 부딪치는 여학생들인데, 갑자기 왜 그녀지, 그렇다, 요즈음 아내와 냉전 중이구나, 이제 그녀이기를 중단한 아내, 아내 대신에 그녀가, 조지 엘리엇의 『미들마치』, 헨리 제임스의 『어느 부인의 초상』을 읽는 소설 공부하러 가는 길, 여인에게 결혼이 얼마나 중요한 것인지 매주일 한 번 생각해 보러 가는 길, 내 결혼은, 총체적으로 후회스러운 것인지, 그런대로 견딜 만한 것인지

She has ever been in the park.

여학생은 공원에 있다. 이건 현재다. 그리고 과거의, 어쩌면 더 좋았을지 몰랐을 과거의 그녀는, has ever been, 이건 현재 완료 시제, 현재 완료의 경험, 이제는 끝나버린, 다시는 돌이킬 수 없는, 과거에서 시작되어, 현재까지 연결되어 있는 시제, 현재 완료 시제로밖에 생각하지 못하는 은밀한 희망, 영어로, 모국어로 표현되지 못하는, 은밀한 희망, 은밀한 희망의 느닷없는 영어 문장

She has ever been in the park.

경식아

목욕탕 갔다 오다 아들에게 경식아 하고 부를 뻔하였습니다 아들의 이름은 두현이고 경식이는 막내 남동생 이름입니다 제법 수염이 거뭇한 아들에게서 아주 오래전의 동생을 보았던 것입니다 아들보다 더 어린 동생에게 말을 건 것입니다 추석이고 해서 여러 날 회상에 젖어 있었나 봅니다 아버지 없는 집에서 사내라고는 동생밖에 없어 사내다운 고민을 넌지시 털어놓곤 하던 동생입니다 얼마 전에 아마 작년 여름인가요 만났을 때 첫 마디가 이제 나도 어른이야 형 나도 늙었어 형 하더라고요 그래요 일곱 살 차이가 아주 큰 것 같아도 내가 마흔일곱이니까 그는 마흔 살이지요 그 동생을 생각합니다 내 앞에서 편안하게 자라는 아들에게 말을 걸다가 오랫동안 만나지 못한 동생에게 말을 걸었습니다 경식아 부르다가 두현아 불렀습니다 아들은 무심코 내 말을 듣지 못합니다 아들의 등이 넓어 보입니다 얼마 전에 작년 여름에 만났던 동생은 몸이 오그라드는 나이였습니다 나는 동생을 부르고 있었습니다 들리지 않는 목소리로

울지 않았다

울지 않았다 울 수 없었다 동생이 울었다 아버지가 죽었다 그런데 안 울었다고 동생이 울었다 울지 않았다 나는 울 수 없었다 나는 자기 연민을 싫어한다 나는 자신이 불쌍하지 않다 동생이 말했다 아버지가 죽었는데 잤다 아버지가 죽었는데 울지 않았다고 말하면서 동생이 울었다 나는 울지 않았다 나는 울 수 없었다 나는 자신이 불쌍하지 않았다 동생은 자신이 불쌍하다고 아버지가 죽었는데도 울지 않는 자신이 불쌍하다고 울었다 나는 불쌍하지 않았다 동생이 불쌍하지 않았기 때문에 동생과 같이 울지 않았고 아버지가 불쌍하지 않았기 때문에 죽은 아버지와 함께 울지 않았다 나는 아무도 불쌍하지 않았다 아버지가 죽었다는 것이 불행인지 행복인지 알 수 없었기 때문에 나는 울지 않았다 나는 울 수 없었다 나는 결국 모를 것이다 우는 것이 불행인지 울지 않는 것이 불행인지 우는 것이 행복인지 울지 않는 것이 행복인지 나는 결국 모를 것이다 동생이 울었다 동생이 행복한지 불행한지 물어보지 않았다 그는 모를 것이다 내가 모르는 것처럼 그는 모를 것이다 헤어지면서 그가 웃었다 우는 눈물 사이로 웃었다 그가 불행한지 그가 행복한지 알 수 없었다 아버지가 죽은 것이 행복한지 불행한지 알 수 없었던 것처럼

광인 일기

아무것도
믿지 않지만
미치지 않는다

나의 존재
나의 영혼
나는 믿지 않는다

아무것도
믿지 않는 자는
광인이다 아무것도 믿지 않는
나는 광인이 아니다

믿을 수 없을 뿐이다

믿을 수 없기 때문에
안타깝지 않다

그래서
광인이 아니다

그저
아무것도 믿지 않는다

천국의 손짓을 거부했다

어느 날 쓰러진
나는 천국의 손짓을 거부했다.
무섭지 않았다. 반가웠다.
티베트 『사자의 서』를 보라.
쓰러진 육체의 영혼에게
온통 빛나는 은빛의 세계가 손짓했다.
이제, 편히 살아라.
이제, 당신의 고통은 끝났다.

어느 날 쓰러진
나는 은빛의 손짓을 거부했다.
천국이라도 싫다.
고통을 벗어나지 않겠다.
천국도 도피다. 도망가지 않겠다.
티베트 『사자의 서』를 보라.
제일 빛나는 세계의 손짓이다.
천국의, 천사의, 은빛의, 손짓이다.

천국이라도 싫다.
육체를 버리고 가지 않겠다.

맛있게, 맛있게, 먹으며, 가겠다.
고통을 버리지 않고, 함께, 가겠다.
티베트『사자의 서』를 버리겠다.
어느 날 쓰러진
나는 천국의, 천사의, 은빛의, 손짓을 거부했다.
육체를 버리지 않겠다. 고통을 버리지 않겠다.

은빛의 인물들이 놀랐다.
나는 웃었다. 꿀떡, 삼켰다.
맛있게, 맛있게, 먹으며, 가겠다.
조금씩, 정신이 들었다. 누워 있었다.
주변이 시끄러웠다. 주변의 얼굴에, 공포가 있었다.
아들의 얼굴에, 공포가 있었다. 위(胃)에서 올라온 음
식물이
기도(氣道)로 들어갔다면, 천천히, 질식사의 과정을 밟
고 있었겠다.
맛있게 먹으며, 천국의, 천사의, 은빛의 손짓을 거부하
며, 의지로 삼켰다.

목욕을 하고 나온 벌거벗은 몸으로, 볼품없이 처박혀

있었다. 죽음의 여행을 시작했었다.

　죽음은 고통이 아니었다. 그저, 다른 시작이었다. 나쁘
지 않은 시작이었다. 그저, 다른 세계.

　고통을 버리고, 육체를 버리고, 먹을 것을 버리고, 천
국에, 은빛의 세계에, 천사에게 가지 않기로

망명 신청서

나는 나에게 망명 신청서를 제출하는 바입니다.

최근 북한 고위층들이 남쪽으로 내려오기 위해서 망명을 신청하는 사례가 늘고 있는 것을 지켜보면서, 나도 덩달아 망명 신청서를 제출하기로 결심을 한 바 있습니다. 망명이란 마음 자세에 있어서 자살과 비슷합니다. 현재의 삶과 그 삶을 구성하고 있는 요소들을 전부 포기하고 자신만 다른 세계 속으로 가야겠다고 판단하는 것입니다. 조금 세월이 지나면 북한에 두고 온 처자나 부모 형제 생각이 나겠지만, 대부분의 경우 망명은 혈혈단신 다 버리고 와야 하는 긴박한 결정이며, 이는 자살의 경우에도 마찬가지인 것입니다.

자살을 조금 생각해 본 적이 있는데, 자살에는 산문적 자살과 시적 자살이 있습니다. 예를 들자면, 자살로 인해 도착하게 되는 내세에 대한 시적 희망을 갖고 있었다고 추정되는—추정할 수밖에 없는 이유는 잘 아시겠는지요, 죽은 사람에게 사실을 확인하는 인터뷰를 할 수 없다는 사정을 이해하시기 바랍니다—여류 시인 실비아 플라스의 경우와 더 이상 해결책이 없으며 죽은 뒤에도 아무런 해결책이 없다는 사실을 잘 이해하고 천천히 외투 주머니에 무거운 돌을 넣고 산문적으로 호수에 빠져 죽은

버지니아 울프를 생각하고 있는 것입니다.

내가 나에게 망명 신청서를 제출하는 사유를 말씀드리겠습니다.

그런대로 나와 같이 살아온 긴 세월 동안, 가끔 나의 욕망에 대해 진저리를 친 적은 있었지만, 워낙 환경이 좋지 않아서 자신의 욕망이 뚜렷하게 소리 지를 처지가 못되었던 것입니다. 그런데, 최근 살아갈 만해지니까 나의 욕망이 너무 고삐 풀린 듯한 느낌을 감출 수 없었던 것입니다. 탄신 기념일의 불필요한 행사로 인한 사치성 소비나 전승 기념 행사로 인한 과다한 식비 지출의 경우는 그렇게 자주 반복되지 않았으며, 뒷전에서 몰래 불평을 늘어놓기는 하였지만, 그 불평으로 인해 보안 요원에게 적발되어 처벌을 받게 되는 상황에 이른 적이 없었기 때문에, 망명의 직접적 사유가 되는 것은 아닙니다. 공개 기자 회견의 기회를 주신다면, 실상을 폭로하기 위해서, 그러한 증거는 얼마든지 제출할 용의가 있습니다. 나의 망명 동기는 나의 숨겨진 욕망에 있습니다. 몰래 혼자 슬며시 한숨 쉬면서 둥글게 뭉쳐서 감추는 그 욕망을, 무어라 이름 지어 부를 수 없는 그 욕망을, 그 욕망이 조금씩 자라나면서, 이제는 더 이상 뭉쳐버릴 수 없게 되었다는 사실을 깨닫게 되었기 때문입니다.

　나의 당국자 귀하, 나는 나에게 단호히 망명 신청서를
제출하는 바입니다.

　불순한 의도가 전혀 개입되지 않았다는 사실이 즉시 판
명될 것으로 믿어 의심치 않습니다. 따라서 이 간절한 망
명 신청서가 즉시 수리되기를 기원하는 바입니다.

　　　　　　　　　　　　　　1997년 8월 7일(목).

　　　　　　　　　　　　　　망명 신청자 : 나

나의 사회생활

나는 사회생활이 시원치 않다

야유회 체육대회 망년회 동창회 출판기념회 입학식 졸업식 하계수련회 어떤 사회적 모임이든 죽기보다 싫은 것이 내 마음이다 사람들이 여기저기 모여서 적당히 여유 있는 표정으로 담소를 나누는 모습이 보기 좋지만 나는 그렇게 못한다 나도 노력은 한다 너무 부자연스럽게 보이지 않게 무심코 서 있는다 그저 싫다

아내는 위로한다 당신만 그런 게 아니라 다 그래요 누구나 다 그렇게 살아요 그렇지만 나는 그렇게 믿고 싶지 않다 그렇다면 그렇게 믿는다면 사회를 폭파해 버리게 될 것 같기 때문이다

너의 모습 안녕하세요 인사하는 너의 모습이 싫은 것이다 나의 안녕에는 관심이 없는 너의 안녕이라는 인사가 싫다 나의 안녕에 대한 방해나 좌절을 목표로 하는 너의 안녕이라는 반가움이 나는 싫다 하고 싶지 않은 일을 부탁하거나 보고 싶지 않은 사람을 만나거나 무어 그런 일이 너의 반가운 모습 너의 안녕이라는 인사 뒤에 꼭 놓여 있다 나는 담소의 대상이 아니다 나는 인사의 대상이 아니다 나는 작전의 대상 나는 공격의 대상 나는 파괴의 대상

그래도 친구가 많았다 국민학교 때에도 중학교 때에도 고등학교 때에도 그 입시 지옥에서도 나는 친구가 많았다 대학교 때에도 그 지독한 가난에도 나에게는 친한 친구가 있었다

사회생활이 시원치 않다는 사실을 인정한다 그래서 마음먹고 사람을 만난다 별로 마음에 내키지는 않지만 무료하고 할 일 없이 쓸데없는 이야기를 하면서 하루를 보내기도 한다 인사동에 가서 술을 마시기도 한다 내가 나서서 술을 사기도 한다 모임을 주선하기도 한다 그렇게 버텨본다 버텨보지만 일 년을 못 간다 나는 화가 난다

나는 너와 만나지 못했다 아주 자주 만나서 술을 마시고 아주 가끔 만나서 무료한 시간도 참았지만 나는 너를 만나지 못했다는 것이 사실이다 진실이다 너는 거기에 있었다 그러나 지금 너는 거기에 있던 너가 아니다 너는 변했다 너는 그때의 너가 아니다 이젠 그만 좇아가겠다 너는 기분에 따라 욕심에 따라 변한다 나는 더 이상 변하는 너를 찾지 않겠다 옛날의 너도 마음에 들지 않는다 변해버린 너를 보는 나는 옛날의 너의 기억이 마음에 들지 않는다 전에는 마음에 들었는데 이제는 그것도 마음에 들지 않는다

　이런 생각을 끊임없이 한다 그리고 그러면서 만난다 그러니 너는 불안하다 만남의 끝 이야기의 끝 사랑의 끝 생명의 끝을 잊지 않는 나 때문에 너는 불안하다 나는 지독하다 사회생활은 중간에서 보류하는 사람들의 놀이터 나는 중간을 모른다 나는 중간의 놀이터를 모른다 나는 끝을 본다 나는 끝만 보는 나는 끝만 생각하는 나는 끝만 느끼는 그러므로
　나의 사회생활은 시원치 않다

작별의 인사

작별의 인사
어린 나에게 작별의 인사
아버지가 있던 어린 나에게 작별의 인사
어머니가 있던 어린 나에게 작별의 인사
어린 나에게 작별의 인사
작별의 인사
잘 있어
나 간다

다행한 일이다

　나의 삶이 탄생이 아니라 죽음으로 향하는 것은 다행한 일이다 그저 계속 살아 있다면 안전하게 죽음에 도착할 수 있다 그러나 탄생을 목적지로 한다면 문제는 심각하다 탄생으로 되돌아가는 길은 막혀 있다 모든 사소한 난관과 고난을 이겨낸다 하더라도 어머니의 자궁이 문제다 어머니가 다시 자궁을 열어줄 것인지 알 수 없다 이미 폐경기가 지난 어머니의 자궁이 열릴 것인지도 문제다 아니, 더 큰 문제는 이제는 사이가 나빠진 어머니가 아주 고통스러울 나의 접근을 증오할 것이기 때문이다 사랑의 계획 때문이었는지 하룻밤의 실수 때문이었는지 확실하지 않지만 탄생에서 죽음으로 가는 삶의 순서를 너무 확신하고 있었기 때문에 자궁을 열어 나를 세상에 내어놓았던 것이다 다시 자궁을 열 아무런 기쁨이나 희망이 없다는 것이 문제다 그런 다음에도 문제다 그렇게 오래전에 쏟아버린 정자 하나를 다시 받아줄 의사가 아버지에게 있는지 확실하지 않다 더군다나 죽어 불에 타서 재가 되어 공기 속으로 날아가 버린 지 오래인 아버지를 어디에서 찾는단 말인가 그러므로 나의 삶이 탄생이 아니라 죽음으로 향하는 것은 다행한 일이다 그리 큰 문제가 없으니까 그저 살아가기만 하면 되니까 탄생으로 돌아가려면 얼마나 많은 노력이 필

요할 것인지 너무 끔찍하기 때문이다 탄생으로 가는 길은
너무 어렵다 너무 끔찍하다

『하느님의 야구장 입장권』 이야기

―즐겁게, 재미있게, 기쁘게 시를 읽기 위하여

첫 시집 『시론』에 이어서 나온 『하느님의 야구장 입장권』을 즐겁게, 재미있게, 기쁘게 읽는 방법을 찾으려 하는 것은 중고등학교의 입시 지옥에서 만났던 어쩌다 가끔씩 가슴에 닿기도 하지만 대부분의 경우 그저 졸립고 하품 나게 만들던 시의 경험을 격퇴하는 것, 그래서 우리의 삶을 그만큼 풍요롭게 할 진정한 시의 세계를 다시 흔쾌히 받아들일 수 있는 길을 모색하는 것이다.

한 편의 시는 한 장의 그림처럼 혹은 한 명의 인간처럼 하나의 세계요 우주다. 따라서 그 속으로 들어가거나 그곳에서 나올 수 있게 하는 출입구도 하나가 아니다. 시집에 첨부된 해설도 이 시집을 만나는 하나의 방법이고, 포스트모더니즘의 철학인 해체론을 경유하는 어려운 길도 있지만, 그저 편안하게, 글자 그대로 마음을 열고 우연히 내게 찾아온 시 한 편부터 만나, 야 재미있구나, 그것 참 즐겁구나, 나를 기쁘게 하는구나라고 감탄하는 것이 시집의 세계를 오가는, 무엇보다 중요한 출입구일 것이다.

내가 섬에 있다
또는 내가 섬이라면
나는 섬 밖으로 나가려 한다

적어도 나의 일부가 나가려 한다

조용히
팔을 뻗어
누군가의 손을 잡으면
마음이 편할 것이다, 그것을

누구는 희망이라고 부르고
누구는 사랑이라고 부르고
누구는 자유라고 부르겠지만

섬 밖으로 나간 뒤
이름을 알 수 있겠지

지금
나는 섬에 있다
또는 내가 섬이라면
나는 섬 밖으로 나가려 한다
적어도 나의 일부가 나가려 한다

「섬 밖으로」의 전문이다. 섬에 가본 경험이 있으신가? 섬에 가면 섬사람들이 있다. 육지에 사는 우리는 자신을 육지사람이라고 부르지 않는다. 섬사람들의 말에서, 그들의 태도에서, 나는 끊임없이 '섬 밖인' 육지를 읽었다. 그런데, 어찌 보면 나도, 그리고 이 글을 읽고 있는 당신도 그런 섬사람을 닮아 있다. 자신에게 만족하지 못하고, 섬사람처럼 즉 내가 섬에 있는 것처럼 섬 밖으로, 적어도 나의 일부가 나가고 싶어한다. 나가서 굳건하고 견고한 육지 위에 서 있는 친구라는 이름의 그대, 연인이라는 이름의 그대, 가족이라는 이름의 그대를 만나고 싶다. 그래 '조용히 / 팔을 뻗어 / 누군가의 손을 잡으면 / 마음이 편할 것이다'라는 희망이 있다. 이것을 때로는 자유라고 부르기도 하고 심지어 사랑이라고도 부른다. 그러나 끊임없이 육지를 이야기하는 섬사람들이 여전히 섬에 살고 있는 것처럼, 당신도, 나도 섬을 벗어날 수 없다. 따라서 우리는 그 '조용히 팔을 뻗는 행위'의 이름을 알 수 없을 것이다. 그저 가끔, '적어도 나의 일부가' 나가고 싶을 따름이다.

『하느님의 야구장 입장권』의 출입구 중의 하나로 「섬 밖으로」를 선정하여, 나름대로 시의 세계를 드나드는 길을 하나 개척하여 보았다. 시가 완성된 다음, 창조주 시인도 그저 하나의 독자일 뿐이다. 나는 이 시의 리듬이나 말의 울림이 좋다. 여러분도 다시 한 번 소리 내어 읽어 보시기를!

지도 교수를 맡고 있는 경원영어연구회(KEC)의 시화전을 위해 매년 가을이면 특강을 했었는데, 그것을 위해 썼던 「詩란 무엇인가 도대체 어떻게 쓸 수 있을까」같이 어려운 주제의 길고도 긴 시도 있으며, 단상에 앉아 졸업식 정경을 묘사한 「졸업식에 부쳐」나 수년 전에 있었던 어느 학생의 가슴 아픈 이야기 「지영이가 또 아프다」 등 근무하는 경원전문대학이 낳은 시편들도 있다. 시가 어느 위대한 자의 거창한 이야기가 아니라는 말을 하고 싶은 것이다. 예를 들어, 1993년 7월 21일자 《스포츠 서울》의 「서울 요지경」을 다음과 같이 읽을 수 있다. ( ) 안의 글은 필자가 첨가한 것인데, 스포츠 연예 일간지의 타락성을 비판하는 시, 「유혹의 학교」의 일부다.

난 복한한 그 선배가 너무 싫었어. (내 몸과 내 맘에 들지 않았어. 내겐 더 기회가 있을지도 몰라. 저녁마다 거울 앞에서 감탄하는 내 몸매를 좀 보라고. 아, 참 당신은

볼 수 없겠구나. 보고 싶지?) 능구렁이 같은 웃음두 싫었
고 나와 친구를 훑어대는 (이 사람보다 내 맘과 내 몸에
드는 사람이 뜨겁게 본다면 얼마나 좋을까) 야비한 시선
도 싫었다구.

　　시의 재미, 기쁨 또는 즐거움이 그리 멀리 있지 않음
을, 그리고 읽는 즐거움이 발견되면 쓰는 즐거움도 생길
것이라는 말을 하고 싶은 것이다. 다음의 「웃는 아내의
얼굴보다」는 그저 읽으면 이해가 되고, 누구나 충분히 쓸
수 있을 그런 시다.

　　잠자는 딸이 예쁘다
　　동그란 얼굴이 예쁘다
　　꿈을 꾸는지 찡그린다
　　밉지 않게 찡그리는 딸
　　웃는 아내의 얼굴보다 예쁘다

　　물론, 시는 그저 재미있기만 한 농담과는 다르다. 거기
에는 무어랄까 깨달음, 그것도 ‘잔인한’ 깨달음이 있다.

아이는 잔인하다

심심해서 거미를 죽인다

개구리에게 돌을 던진다

아비가 죽으면 떠난다

아니, 생명은 잔인하다

개구리가 되어서 소리치지 마라

소가 불쌍해서 고기를 먹지 않는다면

뜯기는 풀이나 곡식의 비명은 어떤가

그런 소리는 들리지 않는가

아이는 잔인하다

심심해서 거미를 죽인다

먹을 만큼만 죽여야 한다면

먹다 버린 만큼은 살려야 하는데

쓰레기에서 살아가는 생명이 있다

아이는 잔인하다

나는 잔인하다

아이는 모른다

이 시의 제목은 물론 「아이는 잔인하다」다. 그리고 이
시의 내용은 '나는 잔인하다 / 아이는 모른다'다. 심심해

서 곤충을 죽이는 아이들이 잔인하다는 생각이 들 수가 있다. 예전에 '로망스'라는 아름다운 선율의 오래된 프랑스 영화를 보면서도 그런 생각을 했었다. 그런데 사실은 아이는 모르면서 잔인한 것이다. 왜냐하면 생명은 그 자체로 이미 충분히 잔인하기 때문이다. 먹이 사슬에 얽혀 있기 때문에, 서로의 비명은 식사 시간의 음악 반주 소리일 따름이다. 표제시 「하느님의 야구장 입장권」에도 그런 잔인한 그렇지만 너무나도 기쁜 깨달음이 있다. 프로 야구 시즌이 시작되는 초봄, 아직은 쌀쌀한 날씨에 두산이나 LG를 응원하러 잠실 구장을 찾는 사람들 중에 하느님은 없을 것이다. 그는 9회 말 투 아웃 만루의 상황에서 홈런이 나와 역전을 할 것인지, 그렇지 않을 것인지 그 결과를 미리 알고 있을 터이니 무슨 재미로 야구 구경을 할 것인가. "그러니 하느님이 아닌 게 얼마나 다행이람." 그러다가, 북한산을 걷다가 알게 되었다. "하느님이 야구장 입장권을 돈 주고 살 수도 있다는 사실을."

내려오다가 꽃봉오리들을 만났다 진달래가 되려는 꽃봉오리들 개나리가 되려는 꽃봉오리들 그런 꽃봉오리들이 자신의 색깔을 조금씩 보여주고 있었다 결과를 알면서도

아니 결과를 알기 때문에 더욱 기뻤다

　문학에 관심이 큰 사람들을 위한 재미있는 사족 한 가지. 한양대학교 이승훈 교수의 시집인 『밝은 방』을 받고 「쓴다는 것, 계속 쓴다는 것은 과연 무엇인가」라는 시를 써 보냈는데, 그가 「답장」이란 시를 답장으로 써서 발표했다는 문단사적 이야기가 이 시집에 숨어 있다.

나는 정말 아주 다르다

1판 1쇄 찍음 2005년 6월 10일
1판 1쇄 펴냄 2005년 6월 15일

지은이 이만식
펴낸이 박맹호, 박근섭
펴낸곳 (주) 민음사

출판등록 1966. 5. 19. 제16-490호
서울시 강남구 신사동 506번지 강남출판문화센터 5층 (우)135-887
대표전화 515-2000 / 팩시밀리 515-2007
www.minumsa.com

값 7,000원

ISBN 89-374-0733-7 03810